ORIENTAL FANTASY STORY & ADVENTURE

시니어 신무협 장편소설

dream
books
드림북스

수라전설 독룡 13 수라의 혈(血)

초판 1쇄 인쇄 2019년 11월 15일
초판 1쇄 발행 2019년 11월 29일

지은이 시니어
발행인 오영배
편집 편집부
일러스트 eunae
본문 디자인 오정인
제작 조하늬

펴낸 곳 (주)삼양출판사 · 드림북스
주소 서울시 강북구 도봉로 173
대표 전화 02-980-2112 **팩스** 02-983-0660
편집부 전화 02-987-9393 **팩스** 02-980-2115
블로그 blog.naver.com/dreambookss
출판등록 1999년 3월 11일 제9-00046호

ⓒ 시니어, 2019

ISBN 979-11-283-9779-0 (04810) / 979-11-283-9448-5 (세트)

드림북스는 (주)삼양출판사의 판타지 · 무협 문학 브랜드입니다.

수라전설 독룡

13

| 수라의 혈(血) |

시니어 신무협 장편소설

ORIENTAL FANTASY STORY & ADVENTURE

dream
books
드림북스

목 차

第一章
귀곡성(鬼哭聲)

영운과 표상국, 소민은 어리둥절했다.

진자강은 긴장한 것처럼 보이기도 하고 두려워하는 것처럼 보이기도 했다. 어느 쪽이든 그동안은 보지 못한 모습이었다.

소민이 다시 한번 진자강을 불렀다.

"진 소협?"

진자강이 갑자기 날 선 표정으로 말했다.

"이번 일은 무시하십시오. 다음 기회가 있을 겁니다."

"진 형!"

"당신들이…… 감당할 자가 아닙니다."

진자강의 목소리가 떨렸다. 이마에는 송골송골 땀방울까지 맺혀 있었다.

진자강의 말을 들은 표상국이 화가 나 소리쳤다.

"싫으면 싫다고, 무서우면 무섭다고 하시오! 나는 진 형이 좋은 사람인 줄 알았더니 내 착각이었군! 퉤!"

표상국은 침을 뱉더니 말릴 틈도 없이 바로 뛰쳐나갔다.

"정말 가지 않는 건가요?"

진자강은 소민의 물음에 답도 하지 않았다.

"진 소협, 우리는 정파의 제자예요. 악을 보고 물러설 수 없습니다."

소민은 실망한 표정으로 진자강을 보더니 표상국을 따라갔다. 영운도 마찬가지였다.

진자강은 세 사람이 떠난 직후, 바로 입에서 울컥하고 꺼먼 핏덩이를 쏟아 냈다.

목과 얼굴에 까만 핏줄이 돋았다. 몸이 떨렸다.

천귀가 보낸 음식에 엄청난 맹독이 들어 있었다. 이제까지 겪은 독 중에 가장 고통이 극심했다. 사지가, 손가락 발가락이 마디마디 떨어져 나가는 듯했다.

진자강의 눈에서 미칠 듯한 살기가 뿜어져 나왔다. 이제까지 보였던 것보다 더한 살기가 사방을 뒤덮었다.

독이 얼마나 지독한지 진자강이 기껏 잠재운 뇌부의 귀

신이 자극되어 깨어났다.

　살기로 번들거리는 진자강의 눈에 소쿠리의 음식들이 들어왔다. 진자강은 음식을 왕창 집어 한입에 욱여넣었다.

　우걱우걱!

　목과 어깨에 시커먼 핏줄이 돋아났지만 진자강은 섭식을 멈추지 않았다. 아니, 멈출 수가 없었다. 맹독이 든 음식을 먹을수록 진자강이 뿜어내는 살기는 더 진해져 갔다.

　그리고 그만큼 허기가 극심해졌다.

　옥허구광 오뢰합마공의 부작용.

　한동안 정신없이 맹독이 든 음식을 먹던 진자강은 갑자기 먹던 것을 토하고 바닥에 엎드려 울부짖었다.

　"으아아아아!"

　바닥을 손톱으로 마구 긁었다. 손톱이 파랗게 멍들어 손끝이 갈라지며 피가 나고 있었다.

　"으윽, 끄으윽!"

　진자강은 맨주먹으로 땅바닥을 치고 온몸에 힘을 주며 이를 악물었다.

　전신에 땀이 흠뻑 뱄다.

　얼마나 힘을 주고 버텼을까.

　경직되어 있던 진자강의 몸이 어느 순간 서서히 부드러워졌다.

진자강은 얼굴에서 땀을 뚝뚝 흘리며 천천히 안정을 되찾았다.

"후우우. 후우우우우."

겨우 귀신이 잠들었다.

진자강의 신체가 독에 적응하면서 고통에 대한 자극이 사라진 때문이다.

진자강은 허리를 펴 고개를 뒤로 젖혀 폐부 깊이 숨을 들이마셨다.

아직까지도 팔다리가 저릿저릿하다. 살상력은 거의 없지만 뇌부의 귀신이 깨어날 정도로 끔찍한 고통을 선사하는 맹독.

천귀는 이런 독을 마을 사람들에게 쓴 것인가?

"천귀⋯⋯."

우둑.

진자강은 소리가 나도록 이를 깨물고 힘껏 주먹을 틀어쥐었다.

*　　　*　　　*

싸늘한 바람이 불어오는 가운데 이른 야음(夜陰)이 찾아오고 있었다.

영운과 표상국, 소민은 경공으로 어두운 숲길을 달렸다.
나병 살수가 말했던 방향이다.

"피 냄새가 나요!"

"그럼 이쪽 방향이 맞아!"

코로 냄새를 먼저 맡았지만 곧 눈으로도 민가의 불빛들
이 보였다.

세 사람은 이를 악물었다.

이 정도로 멀리서 피 냄새가 날 정도면 마을에서는 얼마
나 끔찍한 일들이 벌어졌겠는가!

"믿어지지가 않아요. 어떻게 진 소협이 그럴 수 있죠?"

소민의 말에 영운이 소리쳤다.

"지금은 다른 생각 하지 마! 눈앞의 적에 집중해!"

세 사람은 내공을 최대한 끌어 올리고 만반의 대비를 하
며 마을로 진입했다.

곳곳에 불이 밝혀져 있는 평범한 마을.

그러나 코를 마비시킬 듯이 풍겨 오는 피비린내와 더불
어 마을로 들어선 순간부터 들려오는 끔찍한 비명 소리들.

"끄아아!"

"살려 줘! 살려 줘, 으아악!"

"누, 누가 좀!"

"아악! 아아악!"

세 사람은 사람들의 비명 소리에 전신의 털이 곤두섰다.

나병 살수가 지옥이라고 했던 말이 거짓이 아니라는 걸 증명이라도 하듯, 끔찍한 비명들이 사방에서 들려오고 있었다.

"이, 이게 무슨⋯⋯!"

쿵!

민가 한 채에서 누군가가 문짝을 부수고 튀어나왔다. 웃옷이 피에 흥건히 젖은 중년으로 보이는 마을 주민이었다. 어찌나 고통스러워하는지 목에는 힘줄이 섰고 이마에는 퍼런 핏줄이 돋아나 있었다.

"끄아악, 끄윽! 살려 주세요, 살려 주세요!"

중년인은 온몸을 비틀고 발버둥을 치며 바닥을 굴러다녔다.

"이봐요! 괜찮으세요?"

소민이 달려가서 중년 남자를 붙들었다.

"끄으윽⋯⋯."

중년 남자가 소민의 팔을 움켜쥐었다. 도와 달라는 간절한 눈빛이었다. 소민은 남자의 몸을 살폈다. 목 아래 쇄골 부위에 엄지손가락이 들어갈 만한 구멍이 뻥 뚫려 있었다. 급히 쇄골 주위를 점혈하여 피를 멈췄으나, 남자의 고통스러운 비명은 멈추지 않았다.

"상처 때문이 아녜요. 진 소협의 말이 맞았어요. 독 때문인 것 같아요!"

표상국이 분노하며 주변을 둘러보았다.

집과 마당, 곳곳에서 몸을 비틀어대며 사람들이 길로 기어 나오고 있었다.

"나, 나도 좀!"

"나도 도와줘!"

"크악!"

"카아악!"

사람들은 비명을 지르며 악을 썼다. 하나같이 상체가 피로 물들어 있었는데 쇄골에 뚫린 구멍에서 피가 송송 새어 나오는 탓이었다.

어찌나 오래 비명을 질러 댔는지 목이 쉬었고 얼굴은 벌게져 있었다.

피해자는 남녀노소를 가리지 않았다. 그중에는 이미 고통에 실신한 자식을 안고 있는 아이 엄마도 있었다.

세 사람은 어떻게 해야 할지 몰라서 망연자실 서 있을 수밖에 없었다.

고통을 줄여 줄 방법이 없다.

고통 속에서 비명을 지르고 있는 모습을 지켜볼 뿐이다.

소민은 마음이 아파서 차마 도와 달라는 사람들을 쳐다보지도 못했다.

그때 세 사람은 찌르는 듯한 날카로운 기운을 느꼈다.

끼이익.

바로 옆집 문을 열고 키가 큰 노인 한 명이 나오고 있었다. 눈만 내놓고 코와 입을 가렸는데 두 손까지 소매로 감추고 가슴 앞에서 맞잡고 있었다.

전혀 고통스러운 얼굴도 아니었고 비명도 지르지 않았다. 오히려 즐거운 듯한 표정을 짓고 있었다.

그리고 그가 나온 집 안에서는 비명이 시작되었다. 노인은 비명에 맞춰 콧노래를 불렀다.

영운이 소리쳤다.

"본인은 무당의 영운이라 하오! 귀하는 누구시오!"

"어디 보자⋯⋯."

노인이 주위를 휘둘러보더니 말했다.

"정작 오라고 부른 친구는 없고, 어디서 밥풀 몇 알이 굴러왔는고?"

"밥풀?"

세 사람은 이를 갈았다. 살다 살다 밥풀에 비유되기는 처음이었을 것이다.

표상국이 땅을 박차고 노인에게 달려들었다. 노인이 발돋움을 하며 지붕 위로 뛰어올랐다. 표상국이 따라서 발을 구르며 지붕으로 올라갔다.

"어디 밥풀 맛 좀 보⋯⋯!"

노인의 모습이 훅 하고 사라졌다.

"뒤!"

영운이 소리쳤다. 표상국은 놀라서 몸을 틀며 주먹을 내질렀다. 그러나 보이지 않는다.

"어, 어디냐!"

"흐흐흐."

바로 귓가에서 노인의 웃는 소리가 들려왔다. 표상국은 기겁하며 몸을 빙글 돌려 주먹을 내질렀다. 허공에 권영이 그려지며 바람 소리가 묵직하게 울렸다.

파파팍!

빈 공간이었다.

"뒤라니까!"

영운과 소민의 안타까운 외침이 들려와 뒤를 돌아보았지만 표상국은 여전히 노인을 볼 수 없었다.

"친구들의 말을 왜 안 듣느냐? 나는 네 뒤에 있단다."

또다시 귓가에 노인의 목소리가 들려왔다. 뜨거운 입김까지 느껴졌다.

표상국은 등줄기에 소름이 끼쳤다.

"어딜 보느냐?"

목덜미를 간지럽히는 목소리.

표상국은 종남파의 신법인 운룡보(雲龍步)를 이용해 급히 몸을 이동했다.

지붕 위에 흐릿한 잔상이 남으면서 표상국의 몸이 좌우로 흔들렸다. 노인의 몸도 똑같이 표상국을 따라 흔들렸다.

표상국은 내공을 극대로 집중해 등 뒤로 따라붙은 노인을 떨쳐 내려 했다. 하나 바로 등 뒤에서 아무렇지 않게 목소리가 들려온다.

"흐흐흥. 운룡보? 전에 본 운룡보보다 느린걸?"

"이 징그러운 노괴! 내게서 떨어지지 못할까!"

"그럴까?"

노인의 목소리가 멈췄다. 표상국은 내공을 최대로 끌어내 바로 허리를 틀면서 주먹세례를 퍼부으려 했다.

종남무적……!

하지만 고개를 돌린 순간, 노인이 바로 자신의 앞에 딱 붙어 있어서 주먹을 뻗을 수가 없었다. 노인은 몸이 거의 맞닿을 정도로 표상국에게 붙어 있었다.

노인이 씩 웃었다.

"표 아우!"

영운과 소민이 지붕 위로 뛰어올라 노인을 공격했다. 표상국도 뒤로 뛰면서 종남무적권을 펼쳤다. 그때 노인이 가슴 앞에서 맞잡고 있던 소매를 떼고 오른손을 쭉 뻗었다.

표상국의 종남무적권이 노인의 손가락 하나에 밀렸다.

푸욱.

종남무적권의 권풍이 으스러지면서 노인의 손가락이 두부를 찌르듯 표상국의 쇄골 사이에 저항감 없이 파고들었다. 표상국의 눈이 크게 떠졌다. 노인은 표상국을 발로 차서 날려 버렸다.

영운이 무당면장으로 노인의 등허리를 공격했다. 소민은 검으로 노인의 발목을 베었다.

휙!

한순간에 노인의 앞과 뒤가 바뀌었다. 뒤통수가 얼굴이 되었다. 엄청난 빠르기로 몸을 반전시킨 것이다.

노인은 무당면장을 가슴으로 고스란히 맞으면서 오른손을 뻗었다. 영운은 피해를 각오하고 무당면장을 포기하지 않은 채 그대로 밀어붙였다. 노인의 손가락이 영운의 쇄골 사이를 찔렀다.

"크윽!"

그사이 소민이 노인의 발목을 공격했다. 노인이 앞발로 소민의 검을 찼다. 소민이 검을 틀었다. 가죽신의 앞꿈치에 소민의 검날이 박혀 들었다.

그러나 검이 딱 멈춰서 움직이지 않았다. 소민이 있는 힘을 다해 검을 당겨 보았지만 검은 옴짝달싹하지 않았다.

투투툭.

소민이 좌우로 검을 흔들어 댄 덕에 노인의 가죽신이 뜯겨 나가며 노인의 맨발이 드러났다. 발가락 모양이라고도 할 수 없는 뭉툭한 덩어리들. 그나마도 엄지와 중지만 남았다.

그리고 소민의 검은 그 사이에 잡혀 있었다.

노인이 발목을 틀었다. 소민이 안간힘을 쓰며 검을 쥐고 있었지만 노인의 발가락 힘도 당해 내지 못하고 팔과 어깨, 상체가 돌아갔다.

노인이 영운의 쇄골에서 손가락을 뽑아냈다.

노인의 손가락도 발가락과 마찬가지였다. 아니, 손가락은 더 심했다. 다른 손가락은 모두 떨어져 나가고 중지 하나만이 남아 있었다. 그것도 겨우 두 마디 정도만.

노인의 피 묻은 손가락이 천천히 소민을 향해 다가왔다. 소민의 눈이 공포에 질렸다.

"아!"

소민은 검에 내공을 밀어 넣고 온 힘을 다해 당겼다. 노인의 발가락이 검기를 방해했다. 소민은 부끄러움을 무릅쓰고 노인의 고간을 발로 찼다. 그제야 노인이 발가락을 벌려 놓아 주었다. 소민은 겨우 검을 뽑아낼 수 있었다.

노인이 칭찬했다.

"아주 좋은 자세야. 명문정파의 제자도 죽기 싫으면 사파처럼 행동해야지."

"아니야!"

소민이 비명처럼 소리를 질렀지만, 노인은 아랑곳하지 않고 손가락을 쭉 밀었다. 소민이 검을 들어 막았지만 노인의 손가락은 무시하고 밀고 들어왔다.

따— 앙!

노인의 손가락에 부딪친 검이 미친 듯이 울리며 진동했다. 소민은 손아귀가 찢어져 검을 놓쳤다. 노인의 손가락은 더 이상 방해를 받지 않고 소민의 쇄골을 찔렀다.

거의 동시에, 영운과 소민은 지붕 밑으로 굴러떨어졌다.

세 사람은 마당에 떨어진 후, 몸을 경련했다.

"큭!"

"악, 아아악!"

세 사람의 입에서도 비명이 흘러나오기 시작했다.

천귀는 마을 한가운데에서 서 있었다.

진자강이 온다.

마을 어귀에서부터 걸어오는 모습이 보인다.

길가의 양옆으로 마을 사람들이 기어 나와 처절하게 울었다.

"으흐흐흑……."

"흐으으으……."

더 이상 비명을 질러 댈 힘도 없어져서 쉬어빠진 사람들의 울음소리는 음산하기 짝이 없었다.

귀곡성.

어둠 속에서 들려오는 귀곡성. 보통 사람은 이 소리를 듣는 것만으로 심장이 떨려서 도저히 다가설 수 없을 지경이었을 터이다.

길가에서 울부짖고 있던 아낙 한 명이 몸을 떨면서 진자강의 발목을 붙들었다.

"제…… 발…… 죽여 주세요…… 흐흐흑, 제발……."

멈칫.

진자강이 멈추고 아낙을 내려다보았다.

그 순간 아낙은 얼어붙었다. 치켜뜬 진자강의 눈을 마주본 순간 몸이 굳었다. 아낙은 목소리조차 나오지 않아 눈만 크게 뜨고 입을 벙긋거렸다.

진자강의 발목을 놓아주고 말았다.

진자강은 다시 걷기 시작했다.

살려 달라는 울음과 죽여 달라는 애원이 사방에서 들리고 있었다.

그러나 진자강이 지나갈 때마다 소리들은 묘하게도 순식

간에 사라지고 있었다.

죽여 달라고 애원하던 이들조차 진자강의 살기에 억눌려 소리를 내지 못하는 것이다!

그러다가 진자강이 지나가고 나면 다시 신음을 낸다.

"으으으……."

"흐으……."

기괴하기까지 한 광경이 아닐 수 없었다.

진자강을 기다리고 있던 천귀가 천으로 가려진 얼굴에 드러난 눈으로 미소를 지었다.

"좋은 살기다. 역시 독룡이로구나."

역설적이게도 아직까지 힘이 남아 있는 세 사람, 영운과 표상국, 소민의 비명이 가장 컸다.

"으아아악!"

"끄윽, 끄흐윽!"

천귀는 그들에게 아무것도 하지 않았다. 그저 중독시키고 내버려 두었을 뿐이다. 세 사람은 천귀의 뒤쪽에서 몸을 뒤틀어 대며 비명을 지르고 있었다.

"지, 진 형! 이, 이자는 너무 강해!"

"달아나! 으아악!"

진자강은 세 사람에게 시선도 주지 않고 대꾸도 않았다.

진자강이 천귀를 바라보자 천귀는 살짝 어깨를 털어서

진자강의 살기를 흘렸다.

"밤이 춥군. 안으로 들지. 따뜻한 차를 준비해 놨다네."

천귀가 옆쪽 다관을 가리키고 앞장서서 걸었다. 다관은 오로지 진자강을 위해서 준비했다는 것을 일부러 드러낸 것처럼 환히 불을 밝히고 차까지 차려 두었다.

그러나 진자강은 따라가지 않고 멈춰 섰다.

천귀가 멈춰 서 돌아보았다.

"왜?"

진자강이 적개심을 감추지 않고 말을 내뱉었다.

"미쳤습니까?"

"으응?"

천귀는 진자강의 말에 잠깐 의외라는 듯 고개를 가로 뉘었다.

"으아아……."

"흐윽, 흐윽. 살려 줘……."

귀곡성처럼 계속해서 울부짖고 있는 마을 사람들.

그들을 두고 태연히 차를 마시자고 하는 천귀에게 던진 말이다.

"아아, 저것들 말인가? 껄껄껄!"

"장난합니까?"

"장난이라니. 말이 심하군."

"말이 심하다고 했습니까."

진자강은 천귀에게 걸어가더니 돌연 주먹으로 천귀의 얼굴을 쳤다.

뻐억!

천귀의 얼굴이 살짝 돌아갔다.

천귀는 예상했다는 듯 내공으로 방비했다. 진자강은 때린 만큼의 반탄력 때문에 손이 아릿해졌다.

진자강이 손을 털었다.

천귀가 뻐딱해진 고개를 돌리며 피식 웃었다.

"그럼 이 정도는 되어야 심하다고 말하려는 건 아니겠……."

빽!

진자강이 다시 천귀의 얼굴을 쳤다. 이번엔 천귀도 예상 못 했는지 고개가 많이 돌아갔다. 천귀의 눈이 당황으로 물들었다.

진자강은 사정없이 천귀의 얼굴을 갈겨 댔다.

빽! 빽!

단순히 자존심이나 패기의 대결이 아니라 이를 악물고 내공을 담아 후려치는 것이었다!

천귀의 얼굴이 정신없이 돌아가면서 상체까지 흔들리기 시작했다.

쾅!

으직.

진자강이 마지막으로 힘껏 내려쳤을 때, 천귀는 상체가 거의 뒤로 눕혀질 정도로 허리가 꺾였다. 다리까지 흔들거렸다.

영운과 표상국, 소민은 독 때문에 고통스러워하면서도 이 광경에 경악했다.

누가 봐도 처음 한 대는 천귀가 일부러 맞아 준 게 분명했다. 내공의 차이로 기세 싸움을 건 것처럼 보였다.

그런데 한 대가 아니라 죽으라고 때릴 줄은 누가 알았겠는가!

게다가 막판에는 뼈가 부서지는 소리까지 났다.

그제야 진자강이 말했다.

"이제 좀 심하다고 생각됩니까?"

펄럭.

천귀의 입을 가리고 있던 천이 풀려서 흘러내렸다.

코가 없이 뻥 뚫린 구멍 두 개가 보이고 입술은 흉하게 일그러져 있다. 이빨도 몇 남지 않았는데 진자강에게 마지막에 맞은 광대뼈 쪽은 퉁퉁 부어올라서 흉하기 짝이 없는 몰골이었다.

뻥 뚫린 코에서 피가 줄줄 흘렀다.

휘청.

천귀가 중심을 겨우 잡고 몸을 세웠다.

진자강과 천귀가 서로를 노려보았다. 긴장감이 팽팽했다.

천귀가 입을 열었다.

"오해가 있었군."

"오해라고 했습니까?"

"노부가 재미 삼아 이런 짓을 한다고 보는가?"

"아닙니까?"

"물론 재미가 아주 없는 건 아닐세. 의무감으로는 일일이 쫓아다니면서 사람의 어깨에 구멍을 뚫고 중독시키는 이런 짓을 못 하지."

진자강의 눈빛이 서늘해졌다.

어느새 여유를 찾은 천귀가 웃으며 말했다.

"통초고혈(痛楚膏血)."

천귀가 저벅저벅 걸어가더니 거의 혼절하기 직전에 이른 한 사내를 발로 툭툭 찼다. 사내의 몸은 기운이 다 빠져 축 늘어져 있었는데도 고통 때문에 간간이 몸을 움찔거리며 신음 소리를 냈다.

"모든 생명체는 자신의 목숨이 위기에 달하면 핏속에서 독을 생성하지. 고통이 극심해지면 극심해질수록 근육이 위축되어 살이 질겨지고 체액은 말라붙어서 딱딱해지며 핏속의 독은 더욱 짙어진다. 결국 포식자가 자신을 먹으면 탈이 나게 만들어. 사자가 사슴의 목덜미를 물어 단숨에 죽이는 것도, 인간이 소나 닭을 잡을 때 한 번에 쳐 죽이는 것도 같은 이유야. 잡는 데 시간이 오래 걸릴수록 고기를 먹지 못하게 되기 때문이지."

천귀가 사내의 머리를 잡고 몸을 들어 올렸다. 철철 피가 났던 쇄골의 구멍에서는 이제 진득한 피가 맺혀 있었다.

"마독입창(馬毒入瘡)도 마찬가지. 생명력이 질긴 말은 어지간해서는 잘 죽지 않지. 때문에 고통스럽게 죽은 말의 생피가 사람에게 닿으면, 자줏빛 창이 걸려 죽게 된다."

천귀가 사내를 바닥에 엎드리게 하고 쇄골의 구멍에 호리병을 댔다. 그러곤 등허리의 척추에 손가락을 푹 찔러 넣었다.

"으으…… 으아아아악!"

사내의 몸이 사시나무처럼 떨렸다. 쇄골의 구멍에 진득하고 꺼먼 피가 고였다. 천귀는 호리병에 꺼먼 피를 담고선 흡족한 듯 사내를 쳐 냈다.

"죽지는 않는다. 그러나 죽을 만큼 고통스럽게 만들어 혈독(血毒)을 품게 만든다. 그것이 노부가 쓰는 무간귀독(無間鬼毒)의 원천이니라."

"사람들에게서 고혈(膏血)을 짜내듯 독을 짜내기 위해 이런 짓을 저질렀다는 거군요."

"그렇지. 그러니 엄밀히 말하자면 재미나 장난으로 하는 짓은 아니란 말일세."

진자강이 주먹을 폈다가 쥐었다.

"그게 용서받을 이유가 된다고 봅니까?"

"용서?"

천귀는 바닥에 떨어진 천을 주워 다시 얼굴을 가리면서 말했다.

"이 세계에 발을 들이던 순간부터 노부는 누군가에게 용서를 구한 적이 없다네. 단지 내가 쓰는 독에 대해서 말하고 싶었을 뿐이야."

천귀가 천천히 걸음을 옮겨 다관으로 올라갔다. 차가 준비된 탁자로 가서 진자강에게 자리를 권했다.

"그럼 자아, 이제 자네의 독에 대해 들려주지 않겠나? 차라도 한잔하면서."

진자강은 천귀를 빤히 바라보았다.

"당신은 즐거운지 모르겠으나 나는 아닙니다. 몇 번이나 이런 귀찮은 짓을 해야 합니까?"

"약속하지. 아마 이번이 마지막일 거야. 노부는 나살돈의 이인자다. 노부를 죽이면 나살돈은 독룡에게서 손을 뗀다."

"못 믿겠습니다만."

"초면에 무작정 믿으라 할 수도 없고. 그럼 어찌하면 될까?"

"나살돈의 근거지를 말하십시오."

천귀의 눈이 가늘어졌다.

진자강이 이를 씹으며 말했다.

"만일, 당신을 죽이고도 또 나살돈이 내 주위를 기웃거리면 그날 나살돈은 잿더미가 될 겁니다."

천귀는 잠시 생각하다가 입술을 달싹였다. 진자강에게 전음으로 나살돈의 위치를 말해 준 것이다.

"이제 믿겠지?"

진자강은 가만히 천귀를 보다가 다관의 계단을 올라갔다.

지켜보던 영운이 힘을 짜내 소리쳤다.

"지, 진 형! 분명히 차에도 도, 독이 들어 있을 거요!"

천귀가 껄껄 웃었다.

"독을 쓰는 사람끼리는 무식한 칼잡이들과 다른 고상한 싸움이 있는 법이지. 아무렴 내가 계집애들처럼 시시껄렁한 담소나 나누자고 차를 준비했겠나?"

"크윽!"

"어차피 독룡과 나의 싸움은 무공이 아닌 독의 승부야. 누가 상대의 독에 오래 버틸 수 있느냐가 관건이지. 그럴거면 굳이 힘 빼면서 싸울 필요 없지 않겠는가."

진자강은 동의했다.

"좋습니다."

진자강은 천귀와 마주 탁자에 앉았다.

천귀가 각자의 앞에 놓인 찻잔에 차를 따랐다.

그러더니 손톱보다 작은 빨간 비늘 한 장을 꺼내 찻잔에 넣었다.

"천천히 시작해 보자고. 이것은 우리 나살돈이 자주 쓰는 평범한 독일세. 강호에서는 독각혈사(獨角血蛇)의 독으로 잘 알려져 있지."

독각혈사!

외뿔이 달린 뱀의 독으로 특이하게도 몸의 옆줄에 붙은 빨간 비늘에서 독액이 나왔다. 작은 몸집에도 불구하고 비늘에서 짜낸 독 한 방울로 수십 명을 죽일 수 있었다. 무림인들도 독각혈사에 무방비로 당하면 일각 내에 즉사. 운이 좋아 산다고 해도 몇 달을 요양해야 하는 극독이다.

진자강은 천귀를 쳐다보며 오른손을 들어 새끼손가락 끝을 물었다.

까득!

진자강은 그 피를 찻물에 떨어뜨렸다.

똑.

독액이 녹아난 피 한 방울이 찻잔 안에서 실처럼 퍼졌다.

"요즘 겨우살이가 많이 보이더군요."

천귀가 자신의 찻잔을 툭 밀어서 진자강의 앞에 보냈다. 진자강도 마찬가지로 자신의 피를 담은 찻잔을 밀어 천귀에게 보냈다.

영운과 표상국, 소민 세 사람은 이 결과에 자신들의 목숨이 달려 있기에 비명을 지르면서도 지켜보지 않을 수가 없었다.

표상국이 얼굴을 잔뜩 찡그린 채로 욕을 내뱉었다.

"미, 미친 짓이야. 끄윽."

대놓고 독을 푼 차를 마시라고 서로에게 내주고 있는 것이다.

진자강과 천귀는 서로를 마주 보며 천천히 차를 마셨다. 진자강은 입에 비늘까지 넣었다가 뱉었다.

숨이 막힐 정도의 침묵이 생겼다. 독이 퍼지든 내공으로 누르든 시간이 걸린다.

진자강의 몸에서 독각혈사의 독이 먼저 발발했다. 눈자위 아래가 누레지고 코가 헐어서 피가 살짝 나왔다. 진자강은 소매로 코를 문질러 코피를 닦았다.

"후."

그에 비해 천귀는 별다른 표정 변화 없이 그대로였다.

세 사람은 절망에 가까운 기분을 느꼈다.

이제 시작인데 누가 봐도 독공의 차이가 확연하다!

진자강이 말했다.

"나살돈에 대해 한 말이 거짓은 아니었군요."

"겨우살이, 상기생의 독은 풍습이 있으면 효과가 약해지지. 노부의 말을 이제 믿겠나?"

나살돈의 본거지는 섬에 있다고 말했다. 습한 곳이다. 진자강은 겨우살이의 독으로 천귀의 말을 확인했다.

"믿어 드리죠."

"좋군. 그럼 다음으로."

이번엔 진자강이 찻잔에 차를 따랐다.

쪼르륵.

"묵령독(墨靈毒). 일 년 중 단 하루를 제외하고는 전혀 해가 들지 않는 늪에서 채취한 독이지. 늘 안개가 끼어 있어 음습하기 짝이 없으며, 온갖 썩은 것들이 고여 있네. 산 사람의 몸에 들어가면 핏줄을 썩게 만들고 눈을 흐물흐물하게 만들어 눈에서 피가 쏟아지게 하지."

천귀가 손가락 두 마디만 한 작은 호리병의 마개를 열고 독액을 찻물에 떨어뜨렸다.

진자강은 새끼손가락에서 진액을 짜내 찻잔에 떨어뜨렸다.

"여로독입니다. 입이 뜨거워지고 타액을 흘리며 구토하여 체액을 크게 손상시키다가, 종내에는 의식을 잃어 죽습니다."

천귀는 진자강을 빤히 보다가 진자강과 찻잔을 바꿔 마셨다.

음독(飲毒)을 하고 나면 독이 퍼질 때까지 기다리는 잠깐의 지연 시간이 있다. 진자강과 천귀는 그 시간에 서로를 쳐다보며 아무렇지 않게 앉아 있는데, 정작 그 시간을 견디기 어려운 건 지켜보는 영운과 표상국, 소민 세 사람이다.

툭.

이번에도 천귀는 아무렇지 않은데 진자강의 코에서 먼저 코피가 떨어진다. 목과 턱에 거미줄처럼 핏줄이 시커멓게 드러난다. 눈도 자꾸 깜박거리는 게 눈까지 불편한 모양이었다.

"끄윽."

이를 악물고 이를 지켜보는 세 사람은 답답해 죽을 것 같았다.

맹독이 든 음식을 맛보고 위험하다고 한 건 진자강이다. 그런데 위험하다고 한 사람과 독 대결을 펼치고 있으니 이 도대체 무슨 오기란 말인가.

독기가 가라앉고 진자강이 안정을 되찾자 천귀가 이어 차를 따랐다.

"홍몽삼락(紅夢三樂). 흡입하면 뇌가 큰 이상감을 느껴 현실감이 사라지고 시야가 어두워지네. 이지가 흐려지고 팔다리에 힘이 빠져 주저앉게 되지. 장복하면 뇌가 녹아 코로 흘러나오게 된다네."

"궐채의 독입니다. 장기에 출혈이 생기고 눈이 침침해지며 근이 마비됩니다."

홍몽삼락이 든 차를 마신 진자강의 눈동자 동공이 커졌다가 작아지기를 반복했다. 간혹 간질에 걸린 것처럼 몸도 떨어 댔다. 이번에는 코피에 더불어 입에서까지 핏물을 뿜어냈다.

세 사람은 속이 터졌다.

천귀는 듣기만 해도 아찔한 독을 쓰고 있는데 진자강은 어디서 이상한 고사리 뜯어 먹는 소리나 하고 있는 것이다.

천귀는 그런 진자강을 가만히 관찰하듯 응시하며 말했다.

"참으로 묘하군. 자연 상태에서의 독을 애용하는 건가?"

진자강은 아직 독기를 가라앉히지 못해 초점이 흔들리는 눈으로 천귀를 바라보았다. 진자강은 아무렇지도 않은 천귀에 비하면 위태위태했다. 독기가 누적되어 점점 눈가가 퀭해지는 듯했다.

"문제 있습니까?"

"문제는 없지. 나는 이만큼 강력한 상기생의 독과 여로독, 궐채독을 처음 맛보았다네. 독기를 다루는 자들이라고 해도 이겨 내기 어려울 게야."

세 사람은 천귀의 말에 반신반의했다. 겨우살이니 여로니 하는 풀이 그 정도로 무서운 독이라고?

표상국이 소리쳤다.

"지, 진 형! 제대로 된 독 좀 써! 크윽. 우리 다 죽는다고!"

천귀가 세 사람을 힐끗 쳐다보더니 껄껄 웃었다.

"저들은 이해하지 못하는군. 애초에 독룡의 독과 내 독은 다르지 않아. 독룡은 수백 포기의 한 가지 초독을 농축하여 한 방울의 독액으로 만들어 낸 것이고, 내 독은 여러 종류의 독을 섞어 만들었을 뿐이야."

식견이 날카롭다.

나살돈의 이인자라고 하더니 보통이 아니었다.

천귀와 진자강은 또 한 잔의 차를 나누었다. 진자강은 앉아 있다가 현기증이 왔는지 상체를 휘청거렸다. 팔로 탁자를 잡고 겨우 버텼다.

표상국이 다시 소리쳤다.

"제기랄! 그럼 왜 당신은 멀쩡한 거요! 끄으으윽."

천귀가 웃으며 대답해 주었다.

"내공의 차이. 독을 다스리는 능력의 차이. 사용하는 독의 배합 차이. 그리고 한 가지가 더 있다면……."

천귀가 빈 찻잔에 새로 차를 따르며 말했다.

"어릴 적의 일이야. 노부는 이 천형과도 같은 병에서 벗어나기 위해 몸에 좋다는 모든 약을 구하고 찾아다녔다. 살수만 있다면 뭐든 가리지 않았지. 사람의 생간과 염통을 씹는 것도 마다 않았다. 그러나 소용이 없었지. 손가락과 발가락이 차례로 떨어져 나가고 코끝이 뭉개졌다. 입술이 녹고 잇몸이 문드러져 이빨이 빠졌다."

천귀는 옛일을 회상하며 잠시 감정에 젖었다.

"그리하여 죽을 각오를 하고 마지막으로 선택한 것은, 이독제독(以毒制毒)의 방법이었느니라. 나병보다 독한 독을 구하여 몸에 발랐지. 지옥과도 같은 고통이었다. 몸에 부스럼이 나고 껍질이 벗겨졌으며 살이 갈라져 멈추지 않고 피가 흘렀다. 그런데 말이야. 신기한 일이 일어났지."

천귀는 진자강이 조금씩 안정을 찾는 걸 보며 말을 이었다.

"그렇게 몇 년을 독에 시달리고 났더니 갑자기 어느 순간 나병이 더 이상 진행되지 않더군. 게다가 아무리 독을 써도 아프지 않게 되었어. 나도 알지 못하는 사이 어느새 만독불침지체가 되어 있었던 게야."

"만독불침지체!"

세 사람이 비명을 지르듯 동시에 읊었다. 소민이 이를 딱딱 부딪치며 외쳤다.

"으윽, 그, 그럼 이건 처음부터 혼자만 유리한 방식……
으윽!"

껄껄껄.

"노부는 제안했고, 독룡은 받아들였다. 문제 있느냐?"

진자강이 물었던 질문을 고스란히 되돌려준 것이다.

진자강이 호흡을 가라앉히며 대답했다.

"문제없습니다."

"진 소협!"

"진 형! 오기 부리지 말고 지금이라도 무공으로, 으으윽!"

세 사람은 안달이 났다. 누가 봐도 진자강이 불리한 것이
다!

한데 진자강의 입가에서도 살짝 웃음기가 돋아났다.

"제법 잘 따라온 것 같지만, 슬슬 결착을 볼 때가 된 듯
하구나."

천귀가 웃으면서 중지만 남은 뭉뚝한 손가락을 들었다.

손가락 끝에 독기가 모여 거무스름해졌다. 천귀는 손가
락을 찻잔에 담갔다가 뺐다. 거무스름했던 손가락이 찻잔
에서 빠져나올 때는 원래의 색으로 돌아와 있었다. 마치 먹
물을 푼 듯 맑았던 찻물은 꺼메졌다.

"종착지는 무간귀독이다. 노부가 받았던 끔찍한 고통을
너도 느껴 보거라."

"이 독이 당신이 보여 줄 수 있는 끝입니까?"

"그렇다. 네게 남은 독이 있다면 얼마든지 받아 주마. 물론 그 전에 무간귀독을 버텨 내야겠지."

진자강은 무간귀독이 담긴 차를 단숨에 들이켰다. 그러곤 찻잔을 옆으로 힘껏 던져서 깨 버렸다.

쨍강!

천귀가 크게 웃었다.

"으하하하! 대단한 배짱이구나. 하나 지금 네 실력을 보자면 그건 만용일 뿐이니라!"

세 사람은 이를 악물고 비명을 잇새로만 내뱉으며 초조하게 지켜보았다. 진자강이 어쩌자고 자신의 독은 주지 않고 혼자서만 독을 마셨는지 이해할 수가 없었다.

진자강의 눈썹이 꿈틀거리며 표정이 변하기 시작했다.

천귀가 큰 소리로 말했다.

"오랜만에 즐거운 시간이었다. 내 너를 존중하여 네 피로 독을 짜낸 후에 고통 없이 죽여 주마. 아마도 최고의 무간귀독이 되겠지."

천귀는 자리에서 일어나려 했다. 이미 끝났다고 생각한 모양이었다.

그런데 순간 천귀의 눈이 휘둥그레졌다.

"음?"

몸에 가느다란 실이 감겨 있었다. 천귀는 바로 신법을 발휘해서 몸을 빼려 했다. 진자강이 바로 손을 당겼다. 탈혼사가 천귀의 몸을 휘감은 채 조여들었다.

"어딜 갑니까?"

천귀의 목과 팔, 허리에 탈혼사가 휘감겼다.

"크윽! 이놈이!"

찻잔을 깨면서 주의를 분산시킨 사이에 천귀에게 탈혼사를 건 것이다.

천귀는 가만히 진자강을 노려보다가 코웃음을 쳤다.

"대단한 놈인 줄 알았더니 뒤로 몰래 수작질이나 하는 삼류 건달이었구나."

"당신이 달아날까 봐 그런 거니까 오해 마십시오."

"좋다! 얼마나 버틸지 지켜봐 주마."

그러나 진자강은 시간이 지나도 고통스러워하지 않았다. 문득 몸을 움찔거리면서 살기를 내뿜을 뿐, 영운과 표상국, 소민처럼 고통스러워하지도 비명을 내지도 않았다. 심지어 슬쩍슬쩍 웃고 있었다.

이미 한번 발발했던 독은 진자강에게 통하지 않는다.

"으응?"

천귀도 살짝 당황했다.

진자강이 살기가 담긴 차가운 목소리로 말했다.

"당신에게 감사해야겠습니다."

"무, 무슨⋯⋯?"

"덕분에 내가 가진 독의 본질을 알게 됐습니다."

"뭐라고?"

진자강이 당황한 채로 서 있는 천귀에게 말했다.

"앉으십시오. 내 차례입니다."

진자강이 힘을 주자 탈혼사가 의자를 파고들며 거슬리는 소음을 냈다.

끼이익.

천귀는 진자강을 노려보며 자리에 앉았다. 왜 자신의 독이 전혀 듣지 않고 있는지 이해할 수가 없는 표정이었다.

진자강이 차를 따랐다. 찻잔에 한 방울의 독액을 흘려 넣고 천귀에게 밀었다.

"독각혈사의 독입니다."

천귀는 경악했다.

"뭣이!"

영운과 표상국, 소민 세 사람도 크게 놀랐다.

독각혈사의 독은 조금 전 천귀가 진자강에게 사용했던 독이 아닌가!

천귀는 입을 가린 천을 들고 진자강이 준 차를 바로 마셔 보았다. 눈이 크게 떠졌다.

독각혈사의 독이 맞다!

천귀는 당황했다. 하나 쉴 새도 없이 진자강이 다시 차를 따라 내밀었다.

"묵령독입니다."

천귀는 눈을 부릅뜨고 진자강을 노려보았다.

"어떻게……!"

"마시지 않으면 죽이겠습니다."

진자강은 웃는 표정으로 이를 드러내고 있었다. 살기가 지독하게 치밀어서 천귀는 머리카락이 쭈뼛 솟았다.

진자강은 이어서 홍몽삼락을, 심지어 나륙이 사용했던 독과 여적, 쌍살, 삼호가 사용했던 독까지 차례로 내놓았다.

그리고.

"무간귀독입니다."

천귀의 눈동자가 흔들렸다.

천귀는 내공을 끌어 올리곤 자신의 무간귀독이 담긴 차를 마셨다.

천귀의 손이 살짝 떨렸다. 아무리 만독불침지체라고 해도 어느 정도 한계가 있다. 맹독과 극독을 쉼 없이 앙독하고 있는 중이다. 그런데 해독되기도 전에 몸에 계속해서 독이 쌓이고 있으니 부담이 없을 수가 없다.

이미 마신 찻물만 해도 두 주전자가 넘는다.

위장 가득 독을 품은 것과 마찬가지다.

게다가 심적으로 몰리면서 내공의 운용이 흐트러졌다. 천귀의 얼굴이 붉어졌다가 퍼레졌다가 하며 안색이 변했다. 독의 발발을 억누르는 데 불편함이 생겼다는 증거다.

하지만 진자강은 멈추지 않았다.

이번에는 왼손을 들어 검지 끝을 깨물었다.

곧 끈덕지고 거뭇한 진액이 피와 섞여 손톱 뿌리에 맺혔다.

그러나 이내 거뭇했던 진액 방울이 점점 투명해지며 영롱한 혈옥빛을 내기 시작한다.

동시에 주변에 진한 꽃향기가 풍겼다.

진자강은 그것을 찻잔에 떨어뜨렸다.

통.

독액이 찻물에 빠져 서서히 녹아들었다. 녹빛 찻물이 점점 투명한 핏빛으로 변해 갔다.

진자강이 천귀의 앞에 찻잔을 내밀었다.

"당신이 마셔야 할 마지막 독입니다."

천귀는 선뜻 손을 내밀지 못했다.

찻물에서 느껴지는 독기가 천귀의 오감에 경고하고 있었다.

저것은 안 된다고.

진자강의 몸에는 두 부류의 독이 존재한다.

좌반신의 기혈에 탁기로 존재하는 독기. 그리고 직접 섭취함으로써 단전에 쌓은 독기.

평소에 독초를 씹는 것은 단전에 독기를 모아 두기 위해서인데 이 과정에서 일부의 독기는 좌반신의 탁기로 흡수되어 탁기를 더욱 두껍게 만든다. 그리고 탁기가 늘어나면 음양의 상호소장과 상호전화에 의해 우반신의 선기도 함께 늘어나는 것이다.

그것이 진자강의 몸에서 생겨나는 독기와 내공의 순환 현상이었다.

한데 진자강의 탁기는 유독 특이하다. 여러 가지 독을 품고 있어서 형태가 불분명하다. 무어라고 정의할 수가 없는 독이다.

진자강은 이제까지 그 독의 정체를 혼합독이라 여기고 있었다. 화정단심환을 바탕으로 거기에 여러 독기가 혼합되었다고 생각했다.

그러나 천귀를 만나게 되면서 깨달았다.

화정단심환은 독기를 결집시키는 보조의 역할을 하였을 뿐, 실제 바탕은 진자강의 피.

진자강이 받아 온 고통의 집결체.

혈독(血毒)이다.

진자강의 피에서 생성된 혈독은 화정단심환과 결합하여 기혈 속에 머물고 있었다.

그것이 기혈을 꽉 메우고 있던 탁기의 본질이다.

이 사실을 깨달은 것은 진자강에게 있어 매우 중대한 발견이었다.

진자강은 대오각성한 것처럼 머리가 밝아졌다.

왜 탁기의 독이 강력한 독을 품고 있음에도 불구하고 독기의 효과를 예측하기 어려웠는지 알게 되었다.

화정단심환 때문이다.

화정단심환은 신체를 보호하기 위해 독기에 결합하였지만, 그 때문에 오히려 독기가 제대로 된 효과를 내지 못하였다.

혈독이 화정단심환의 약효로 인해 방해를 받고 있었던 것이다.

만일 탁기화되어 버린 혈독에서 화정단심환의 약력(藥力)을 분리할 수 있게 된다면, 진자강은 순수한 본래의 혈독 그대로를 추출할 수 있게 된다!

게다가 그 방법 역시 천귀의 행동에 실마리가 있었다.

천귀는 중독된 마을 사람의 척추 부위를 눌러 내공을 주입한 후 혈독을 채취했다.

천귀가 누른 부위는 명문혈 위쪽의 현추혈(懸樞穴)이다.

현추혈은 좌우에 삼초수(三焦兪)가 있는데, 이는 현추혈과 더불어 기의 흐름을 관장한다.

진자강은 즉시 탁기를 현추혈로 인도했다.

특유의 끈적하고 묵직한 성질 탓에 느릿느릿하게 현추혈에 도착한 탁기가 돌연 튕겨지듯이 여러 갈래로 나뉘기 시작한다. 진자강은 옥허구광 오뢰합마공의 내공을 현추혈 양옆의 삼초수로 보냈다. 삼초수를 단단히 틀어막으면 현추혈에서 날뛰는 탁기가 다른 곳으로 달아나지 않도록 통제할 수 있게 된다.

진자강은 강력한 힘으로 탁기를 억누르고 현추혈에서 화정단심환의 기운만을 분리시켰다.

화정단심환이 분리된 탁기에는 순수한 독기들만이 남았다. 독기들은 점점 뭉쳐서 하나의 덩어리로 분화했다. 화정단심환이 억누르고 있던 나쁜 성질들을 마음껏, 고스란히 드러냈다.

아마도 천귀도 이 작업을 통해 불순물을 걸러내고 순수한 혈독만을 남겼으리라!

그러나 이를 그대로 기혈에서 이동시키면 기혈에 부담이

된다. 광혈천공을 사용할 때처럼 기혈이 상하고 파괴된다.

진자강은 혈독을 다시 화정단심환의 기운으로 감싸서 쇄골 쪽으로 올려 보냈다.

쇄골의 결분혈까지 올라간 혈독의 독기가 서서히 피에 스며든다.

그 피를 손끝으로…… 손끝으로 보내 마침내 한 방울의 혈독이 만들어졌다.

혈독이 흘러나온 때에는 거뭇한 진액의 모습이었으나, 체외로 나온 이후에는 독기를 감싸고 있던 화정단심환의 기운이 날아가 버리며 영롱하고 투명한 홍옥빛의 액만이 남는다.

온전하고 순수한 혈독이다.

진자강만의.

달콤하고 청량한 향기.

천 종류의 약초를 달여 만든 화정단심환의 기운이 허공에 퍼져 나가며 은은한 꽃향기가 퍼졌다.

천귀는 자신의 앞에 놓인 혈차(血茶)를 바라보며 천천히 입을 열었다.

"이것이…… 금강천검을 무릎 꿇게 한…… 그 독인가?"

"그것보다 더 좋아졌을 겁니다."

천귀는 굳은 얼굴로 찻잔을 들었다.

진자강이 말했다. 감사한다고, 천귀 덕에 독의 본질을 알게 되었다고.

"혈독이었군."

천귀는 진자강이 가진 독의 근원을 알게 되었다.

더욱이 이것은 금강천검에게 사용했을 때보다 훨씬 더 개량되고 진보한 독일 터이다.

"마시겠습니까, 죽겠습니까."

천귀는 입술을 비틀며 웃더니 단숨에 차를 마셨다.

얼마 지나지 않아 천귀가 몸을 움찔거렸다. 천귀의 눈빛이 변했다. 속으로 진자강의 혈독과 끊임없이 싸우고 있는 것이다.

천귀의 이마에서 혈한(血汗)이 흘렀다. 눈에 핏물이 점점이 배었다. 천귀의 몸에서 열이 났다.

천귀는 윗장포를 벗어젖혔다. 뜨거운 김이 훅 피어올랐다.

드러난 상체 곳곳에도 피땀이 맺혀 있었다. 그리고 돌연 가슴 안쪽에 빨간 얼룩이 생겨났다.

천귀가 가슴에 생겨난 얼룩을 보았다. 다섯 장의 겹꽃잎이 활짝 피어 있는 것처럼 생겨난 얼룩이었다.

"이것은 마치……."

천귀가 가쁜 숨을 토해 내며 말했다.

"적멸화(寂滅花) 같군."

끙끙대며 바닥을 뒹굴던 영운과 표상국, 소민 세 사람이 눈을 크게 떴다.

"적멸화!"

천귀가 말했다.

"싸움이 끊이지 않는 수라의 세계에서 유일하게 싸움을 끝낼 수 있는 방법은…… 바로 적멸화를 얻는 것뿐. 적멸화를 얻는 순간 일만 팔천 유순(由旬) 거리에 있는 모든 수라가 적멸(寂滅)하여 죽고, 적멸화를 차지한 단 한 명의 수라만이 살아남는다……."

천귀는 핏물이 차오른 눈으로 진자강을 쳐다보았다. 그러더니 뒤틀린 음성으로 힘겹게 물었다.

"너는, 준비가 되어 있느냐?"

진자강이 서슴지 않고 대답했다.

"나는 이미 강호와 싸우고 있습니다."

천귀가 헛헛한 표정을 지었다.

"그렇구나…… 너는 이미 적멸화를 가진 수라였구나."

진자강이 손목을 흔들었다.

딸깍.

탈혼사가 천귀의 몸에서 풀려나 회수되었다.

천귀가 힘겹게 말했다.

"노부가…… 한 말……."

"지켜 드리겠습니다. 나살돈이 먼저 나를 건드리지 않는 한 나살돈은 무사할 겁니다."

"고맙다……."

천귀가 소매를 열어 주머니 하나를 탁자 위에 올려놓았다. 그러나 중지 하나밖에 없는 손가락에 힘이 없어서 놓치고 말았다. 주머니가 탁자를 구르며 입구에서 호리병과 해독약으로 보이는 단약들이 굴러 나왔다.

"이것은 내 보답이다……."

천귀의 상체에 적멸화가 하나둘 늘어나기 시작했다.

천귀의 눈은 이미 피로 물들어 새빨간 핏덩이처럼 되어 있었고, 뻥 뚫린 코의 구멍에서도 조금씩 피가 흘러내리기 시작했다.

그런 모습으로 천귀가 웃었다.

"지옥에서, 먼저 가 기다리마."

그것을 마지막으로 천귀의 몸이 크게 들썩이다가 잠잠해졌다. 천귀의 칠공에서 피가 퍽 터지듯 줄줄줄 쏟아졌다.

쿵!

천귀는 탁자에 머리를 박았다. 탁자가 순식간에 피로 흥건해졌다.

머리를 박은 천귀의 목덜미에도 적멸화가 피었다.

결국 진자강의 혈독에 패배한 것이다.

영운과 표상국, 소민은 경악했다.

"마, 만독불침지체가……!"

만독불침지체마저도 죽이는 수라의 독.

그것도 만반의 준비를 한 상태에서 내공으로 방비를 하고 있었음에도 불구하고.

세 사람은 다시 한번 천귀가 남긴 말을 되뇔 수밖에 없었다.

"독을 가진 수라의 피……."

수라혈(修羅血)!

그것이 진자강, 독룡이 가진 독이다.

진자강은 죽은 천귀의 모습을 지켜보고 있다가 천귀가 남긴 무간귀독과 해독약을 챙겨 일어섰다.

표상국이 외쳤다.

"지, 진 형! 어서 해독약을! 큭, 이, 이러다 주, 죽겠소이다!"

영운과 소민도 표상국과 같은 마음으로 진자강을 쳐다보았다.

진자강은 잠시 세 사람을 바라보더니 대답했다.

"안 죽습니다."

"……어엉?"

세 사람은 한 대 맞은 얼굴이 되었다.

"진 형! 아파 죽겠단 말이오! 으아악, 끄윽."

"참으십시오. 죽지 않습니다. 이 독은 살상독이 아닙니다."

"하, 하지만!"

"양이 부족할 것 같습니다. 마을 사람들이 먼저입니다."

"…….'"

세 사람은 눈앞이 깜깜해지는 기분이 들었다. 물론 틀린 말은 아니지만 그래도 너무하지 않는가!

온몸을 잘근잘근 칼로 다지는 것 같은 고통에, 내장은 송곳으로 쑤시는 것 같다. 온몸에서 진땀이 나고 죽을 지경이다.

세 사람은 괜히 고통이 더 심해지는 것 같았다. 인내심이 강한 영운마저도 배를 감싸 쥐고 바닥을 데굴데굴 굴렀다.

"끄으응."

"아이고!"

"진 소협! 살려 주세요! 아아악!"

진자강은 한 번 돌아보지도 않고 마을 사람들에게 돌아다니며 해독약을 나눠 주었다.

약 오십 명가량 되는 모든 사람들에게 해독약을 나눠 준 후에야 세 사람의 앞에 왔다.

"으윽, 으으윽."

"끄으으."

"어엉엉."

소민은 울기까지 했다. 그러나 진자강이 다가오자 그제 야 살았다는 표정이 되어 진자강을 바라보았다.

진자강이 표정 하나 변하지 않고 말했다.

"해독약이 두 알밖에 남지 않았습니다."

"……."

세 사람은 울상이 되어 서로를 쳐다보았다.

*   *   *

"헉헉. 으으으."

끊임없이 흘러나오는 신음 소리.

목소리는 다 쉬었고 이제는 소리를 낼 기운도 없어 흐느 적거리는 듯 되어 버린 영운의 신음 소리를 들으며 표상국 과 소민은 안절부절못하고 있었다.

영운이 큰형으로서 해독약을 양보하고 홀로 고통을 겪고 있는 중이었던 것이다.

두 사람이 할 수 있는 거라곤 영운의 이마에 난 땀을 닦아 주는 일뿐이었다. 진자강의 말에 의하면 이삼일 정도는 저러고 있어야 할 거라고 했다.

다행히도 조금 기운을 차린 마을 사람들이 따뜻하고 좋은 집에 이들을 묵게 해 주고 음식까지 대접했지만, 그런다고 표상국과 소민의 불편한 마음이 사라지는 건 아니었다.

표상국은 마당 한편에 서 있는 진자강을 찌릿한 눈으로 쳐다보았다.

소민이 진자강의 뒤통수를 째려보는 표상국을 말렸다.

"그러지 말아요."

"놔 봐. 따질 건 따져야지."

하지만 사실 따진다고 해도 딱히 할 말이 없었다. 진자강은 사리에 맞게 행동했고, 그것이 설사 약간의 고의적인 의도가 느껴질지언정 결과적으로는 옳은 일이었다.

진자강이 둘의 소란에 고개를 돌려 쳐다보았다.

"내게 할 말이 있습니까?"

표상국은 소민의 만류에도 불구하고 결국 말하고 말았다.

"진 형. 정말 너무하는 거 아니오?"

"뭐가 말입니까?"

"우리가 진 형의 말을 듣지 않고 제멋대로 행동했다고 일부러 우리에게 차갑게 대하는 거 아뇨!"

"세 사람은 나와 아무 관계가 없습니다. 어떻게 행동하든 상관없습니다."

표상국은 바로 말문이 막혔다.

소민이 나섰다.

"그래서 섭섭하다는 거예요. 지금 말씀하신 그런 부분이요."

"내가요?"

"네. 진 소협은 잠시지만 우리와 동행했어요. 그리고 우리는 진 소협이 우리와 약간의 우의(友誼)를 나누었다고 생각해요. 그런데 이렇게 생판 남 대하듯이 대하니까 섭섭한 거죠."

진자강이 소민의 말을 곱씹어 보니 틀린 말은 아니다.

"미처 거기까지 생각하지 못했습니다. 그 말이 맞습니다. 내가 너무 정이 없었던 것 같군요."

"그래서 말인데요!"

소민이 부탁했다.

"영운 오라버니의 고통을 줄여 줄 방법이 없을까요? 진 소협이라면 알고 있는 방법이 있지 않겠어요?"

진자강은 고개를 저었다.

표상국과 소민은 풀이 죽어서 어깨를 늘어뜨리고 다시 영운의 곁으로 돌아갔다.

진자강은 그들을 바라보다가 품에서 작은 호리병을 꺼내 들었다.

그 안에는 천귀가 평생을 모아 둔 무간귀독이 들어 있다.

천귀가 보답으로 준 것은 해독약이 아니라 사실 이 무간귀독이다.

혈독을 사용하는 진자강에게 무간귀독은 영약이나 마찬가지다. 무간귀독을 흡수하게 된다면 진자강의 내공이 늘어나는 건 물론이고 혈독 또한 그 위력이 훨씬 배가 될 것이다.

이제 와 생각해 보니 혈독의 위력이 높아지는 데에는 광혈천공도 한몫을 했을 터였다. 광혈천공으로 인한 끔찍한 고통이 혈독의 독기에 상당한 영향을 끼쳤을 테니까.

진자강은 호리병을 열어 차를 마시듯 조금씩 무간귀독을 마셨다.

무간귀독의 거대한 독기가 진자강의 체내에 들어오며 후끈한 열기를 일으킨다. 이미 익숙해져서 큰 고통은 느껴지지 않지만 무간귀독의 독력이 얼마나 강한지는 느낌만으로도 알 수 있었다.

진자강은 독기가 흡수되고 가라앉을 때까지 기다리며 하늘의 달을 쳐다보았다.

천귀가 한 말이 잊히지 않는다.

수라가 유일하게 싸움을 끝낼 수 있는 방법은 모든 상대를 죽이고 홀로 살아남는 것뿐.

　진자강은 불교의 신을 그린 신중탱화(神衆幀畵)에 나오는 수라의 모습을 떠올렸다.

　육도에 사는 수라는 얼굴이 셋, 팔이 여섯으로 삼면육비(三面六臂)를 하고 있어서 여섯 개의 팔은 각기 해와 달과 칼과 갈고리, 금강저, 밧줄을 지니고 있었으며, 밤이든 낮이든 언제나 싸움을 그치지 않았도다……

第二章

중경의 도룡(賭龍)

　진자강은 마을에서 머무는 동안 금식하며 물 한 모금도
마시지 않았다.

　무간귀독의 앙독으로 내공이 늘어나면서 때때로 참기 어
려운 허기가 찾아왔다.

　진자강은 옥허구광 오뢰합마공의 구결을 외며 허기를 버
텼다.

　옥허구광 오뢰합마공은 도가의 공부가 집약된 만큼 심신
을 안정시키는 효과가 있다. 심지어 오광제 이후에는 난해
한 도경(道經)의 구결이 자주 등장한다. 그럼에도 불구하고
자꾸만 찾아오는 허기를 이겨 내기가 쉽지 않았다.

이 허기는 진짜 허기가 아니라 강해지는 것에 대한 갈증, 욕망…… 정신적인 허기다.

진자강은 이를 악물었다.

마침내 겁살마신이 눈앞에 아른거리다가 점점 사라져 갔다.

*　　　*　　　*

영운과 표상국, 소민 세 사람은 진자강을 보고 수군거렸다.

"진 형이 굶은 지 닷새는 된 것 같은데."

"그런데 왜 오늘 아침은 사람이 달라 보이지?"

참다못한 표상국이 물었다.

"진 형 어제까지는 사람 눈이 퀭해서 산 것 같지도 않더니 오늘 신수는 왜 그리 좋아 보이오?"

먹지 못해서 다소 퍼석했던 얼굴은 하룻밤 사이에 매끄러워졌고 눈빛의 현기는 깊어졌다.

무간귀독은 진자강에게 사십 년 이상의 내공이 담긴 영약의 역할을 했다. 모든 독력을 흡수하고 난 후 진자강은 마침내 육광제의 초입에 들어섰다.

중단전과 회음, 좌우 장심과 오른쪽 발바닥의 용천혈, 명문혈까지 총 여섯 군데에 둑이 쌓였다.

옥허구광 오뢰합마공에서 둑이 늘어난 것은 그만큼 담을 수 있는 내공이 많아졌다는 걸 의미한다.

이제 진자강은 순수한 내공으론 단령경을 넘어섰다.

능히 한 지역에서 손꼽는 고수가 되기에 충분한 조건을 갖춘 것이다.

표상국과 소민은 영운을 쳐다보았다. 중독에서 벗어난 지 삼 일 정도 된 영운은 양껏 밥을 먹고 있지만 아직도 얼굴이 핼쑥했다. 눈은 푹 들어가고 뺨은 홀쭉해진 데다 까슬까슬하게 마른버짐까지 피어 있었다. 하얀 얼굴에 투명한 광택이 흐르는 진자강과는 너무 비교가 되었다.

진자강은 물말이 밥 한 그릇으로 며칠만의 첫 끼니를 때웠다.

하지만 조금도 배고픈 기색이 없었다.

진자강은 신기하다는 듯 쳐다보는 세 사람에게 말했다.

"안정이 되었으니 이제 출발해도 되겠습니다."

*   *   *

천귀의 약속대로 중경까지 가는 동안 더 이상 나살돈의 습격은 없었다.

진자강은 세 사람을 예전과 똑같이 대했다. 독룡이라는 걸 알기 전과 후가 별반 다르지 않았다.

영운과 표상국, 소민은 진자강이란 사람이 점점 더 알쏭달쏭해졌다.

세 사람은 고민하면서 오랜 상의를 했다. 서로 밀고 미루기를 여러 날 하다가 결국 소민이 나섰다. 진자강의 성격이 담백하여 딱히 거짓말을 하는 성격이 아니라는 걸 믿고 물어보기로 했다.

"진 소협!"

진자강은 땔감을 모으다가 잠시 멈추고 소민을 보았다.

"물어보시죠."

"네? 제가 뭐 물어볼 거 어떻게 알았어요?"

"며칠 동안 나만 보면 수군거리더군요."

"아아, 그럼 좀 더 질문이 수월해지겠네요. 우리는 진 소협이 한 일과 하지 않은 일을 알고 싶어요."

"일전에 말씀드린 적이 있습니다."

"알아요. 하지만……."

소민이 뒤를 힐끗 쳐다보았다. 영운과 표상국이 뒤에서 힘내라며 응원하고 있었다. 진자강의 대답 여하에 따라 이 순간 싸우거나 갈라서거나 할 수도 있었다.

"석림방의 장원 인근 마을 사람들이 학살당했어요. 진

소협이 한 일인가요?"

"아닙니다."

"운남 오조문의 후계자 추사진을 독살한 건 사실인가
요?"

"아닙니다."

"좀 더 자세히 말해 주세요. 추 소협은 맹독을 먹고 즉사
했어요. 정말 아니에요?"

"와와산을 먹고 죽는 사람은 없습니다. 와와산은 복통을
일으키는 독입니다."

"왜 그런 독을 썼나요? 정파라서 살려 준 건가요?"

"누군가 오조문을 사주했다는 느낌을 받았습니다."

"추 소협을 죽이면 나쁜 일에 휘말릴까 봐 일부러 과하
게 독을 쓰지 않았던 거군요. 하지만 추 소협이 독사했으
니…… 진 소협의 예상이 맞았던 거구요."

잠시 생각하던 소민이 다시 물었다.

"그럼 독곡에서 운남 정파를 몰살시킨 건……."

"그것도 내가 한 일이 아니군요."

표상국이 중간에 끼어들었다.

"부민의 촌락 하나가 불탄 일이 있소. 그건 어찌 된 거요?"

"부민이라면…… 내가 한 일입니다."

세 사람의 얼굴이 순간 경직되었다.

"그, 그러면!"

진자강이 잠깐 기다렸다가 대답했다.

"암부의 소굴이었습니다."

암부는 운남의 독문 중에서도 나살돈처럼 살수로 활동하는 집단이었다. 일반 촌락으로 위장되었다면 제대로 알려지지 않았을 수도 있다.

표상국이 영운의 말을 가로챘다.

"잠깐만! 진 형이 그만큼 당당하다 생각한다면 무림총연맹으로 가서 직접 해명을 하는 게 옳은 방법이 아니겠소?"

표상국의 말에 진자강이 답했다.

"백화절곡은 지독문의 기습을 받고 멸문당했습니다. 나는 천신만고 끝에 무림총연맹 운남 지부로 가 도움을 구했지요. 내가 열 살 때 일이었습니다. 어떻게 됐겠습니까?"

"백화절곡뿐 아니라 수많은 약문이 독문과의 싸움에서 패배해 멸문했소. 무림총연맹은 그 과정에 관여하지 않고 중립을 지켜 왔소이다."

"중립을 지켰다는 겁니까? 아니면 그렇게 믿고 싶은 겁니까?"

"무림총연맹은 늘 정의롭⋯⋯!"

표상국은 말을 하다가 갑자기 어색한 표정으로 뺨을 긁었다.

"⋯⋯다고 들어 왔으나, 사실 우리도 그렇지 못한 때가 있었다는 걸 알고 있소. 쓸데없는 말을 해서 미안하오."

진자강은 표상국의 너스레에 실소를 지을 뻔했다.

영운이 말했다.

"진 형, 진 형은 무림총연맹을 군이 적대시할 필요가 없소."

"내가 정파 출신이었고 정파를 공격한 일이 드물다고 해서 오해하지 않았으면 좋겠습니다. 내게 칼끝을 겨누면 적이 될 수밖에 없습니다."

"아니오, 아니오. 진 형이야말로 내 말을 오해했구려."

영운이 고개를 흔들더니 말했다.

"어디든 사람 사는 곳은 마찬가지라오. 무림총연맹 안에도 수많은 계파가 있지. 선한 사람과 악한 사람이, 그리고 진 형에게 적인 자와 적이 아닌 자가 공존하고 있소. 그러니 무림총연맹을 미워할지언정 전체를 적으로 돌리지는 말란 뜻이오."

진자강은 영운의 말을 이해했다. 무림총연맹에서 적으로 삼을 자와 아닌 자를 구분하라는 뜻이다.

"실제로 그렇게 하기엔 굉장히 어려울 거요. 하지만 모두를 적으로 돌리면 모두가 적이 되고, 여지를 남겨 두면 그만큼이 진 형의 편이 될 거요."

잠시 생각하던 진자강이 대답했다.

"조언 고맙습니다. 충분히 생각하고 고민하도록 하겠습니다."

＊　　　＊　　　＊

중경은 산으로 둘러싸인 분지이며 고지대에 위치해 있다. 아래로 삼면을 접한 강 덕에 매년 백 일은 안개를 볼 수 있는 곳이기도 하다.

지리적으로 물류의 이동이 빈번한 곳이라 험한 지형을 잘 다니는 나귀들이 짐을 싣고 가는 모습이 심심찮게 눈에 띄었다.

그중에서 진자강은 가릉강의 입구에 있는 자기구라는 마을 쪽으로 향했다. 오태에게 귀띔받은 곳이다. 강을 끼고 있어 번화하고 여러 상점들이 즐비하게 들어서 있었다.

본래 영운들은 자기구가 아니라 가야 하는 곳이 따로 있었다.

하지만 진자강에게서 떠날 수가 없었다.

진자강에 세 사람을 돌아보며 물었다.

"언제까지 따라오실 겁니까?"

소민이 대답했다.

"진 소협이 중경에서 무슨 일을 하시려는지는 알고 가야 보고를 하죠. 그냥 가면 혼난다고요."

"그러면 그 복장으로는 안 됩니다."

화산파나 무당파의 도복, 종남파의 무복은 확실히 튀어 보였다.

"그리고 무기도 들지 마십시오."

무기를 든 건 유일하게 소민인지라 소민이 이의를 제기했다.

"검수에게 검을 두고 다니라니요! 그건 너무해요."

"그럼 안 따라오시면 됩니다."

"우우웅!"

소민은 뺨을 부풀리고 삐친 표정을 짓다가 겨우 진자강의 말을 따르기로 했다.

표상국이 물었다.

"어딜 가기에 하루 쉬지도 않고 바로 움직이려는 거요?"

진자강이 살짝 웃으며 말했다.

"팔대가를 보러 갑니다."

진자강이 갑자기 유명한 문장가 여덟 명의 글을 공부하러 왔다고 하니 영운과 표상국, 소민은 이해하지 못하고 어리둥절해했다.

진자강은 세 사람과 저녁을 먹고 숙소를 잡은 후, 한동안 쉬었다가 밤마실을 나섰다. 옷을 갈아입은 세 사람은 진자강을 졸졸 따라다녔다.

깜깜해진 마을을 한 바퀴 돌아보는가 싶더니 진자강이 향한 곳은 뒷골목의 유흥가였다.

자정이 가까운 시간인데도 벌써 많은 사람들이 술에 취해 유흥가 골목을 배회하고 있었다.

붉은 홍등이 곳곳에 밝혀진 기루들이 곳곳에서 영업을 했다.

소민의 얼굴이 홍당무같이 변했다. 아무리 무림인이라고 해도 여인의 몸으로 이런 곳을 아무렇지 않게 걷는 것은 익숙하지 않았다. 영운이 소민을 말렸다.

"민 매에게는 어울리지 않는 곳이야. 혼자라도 돌아가는 게 어떨까?"

소민이 배에 힘을 주고 버텼다.

"흥! 그렇게 따지면 오라버니도 도사니까 이런 곳에 오시면 안 되죠. 저만 보내고 두 분 뭐하실 건데요?"

"우리는 진 형을 따라가야지."

"표 오라버니는 아닌 거 같은데요?"

표상국은 아까부터 헤벌레해서 주변을 보느라 정신이 없었다. 홍등이 걸린 기루의 이 층에서 속이 비치는 얇은 나삼을 입은 기녀들이 턱을 괸 채 곰방대를 물고 웃었다.

표상국이 헤실헤실 웃으며 말했다.

"그래. 민 매는 빨리 가. 여기는 나와 형님께 맡기고. 그나저나 진 형은 보기보다 풍류에 밝은 모양……."

소민이 표상국의 엉덩이를 걷어찼다.

"에라이! 말종 오라버니야!"

지나가던 과객들이 그 모습을 보고 낄낄거렸다. 개중에는 소민에게 수작질을 거는 취객도 있었다.

"거기 어수룩한 핏덩이들 말고 여기 어르신들과 노는 건 어때? 고것 귀엽네."

심지어 소민의 위아래를 대놓고 훑어보는 자들도 있었다.

소민의 얼굴이 새빨개졌다. 화가 난 소민이 소리쳤다.

"본 낭자께서는 화산파의 제자다! 감히 화산파의 제자를 희롱하는 거냐!"

"어이쿠, 어이쿠. 무서워 죽겠네. 무슨 홍등가에 화산파 여제자람?"

"요즘은 그런 호객이 유행이야?"

취객들이 빈정거리자 표상국이 주먹을 쥐고 윽박질러 댔다.

"이런 거지 같은 놈들이 술을 처먹었으면 곱게 처먹지, 감히 민 매에게 농을 던져? 맞고 싶으냐!"

"뭐 임마? 네가 뭔데 난리야?"

"너야말로 맛 좀 볼래?"

둘이 소란을 피우자 사람들이 몰려들었다.

영운이 진자강을 보며 머쓱하게 웃었다.

"미안하게 됐습니다."

"아닙니다. 예상했습니다. 생각대로 잘된 것 같군요."

"하하……."

어디서 왔는지 몇 명의 건달패가 사람들을 제지하며 나타났다. 진자강과 영운들을 둘러쌌다. 얼굴에 칼자국 하나씩은 기본으로 긋고 있어 험상궂은 얼굴들이었다.

"이봐. 화산파의 제자고 나발이고 남의 동네에 왔으면 상도를 지켜야지. 영업장에서 행패를 부리면 어떻게 하라는 거야? 화산파의 제자는 맞아?"

"어디 그런지 아닌지 본 낭자에게 혼나 볼 테냐?"

소민이 화를 벌컥 내며 검의 손잡이를 쥐려다가, 검을 놓고 온 걸 깨닫고 빈손을 어색하게 들어 올렸다. 물론 검이 없다고 해서 삼류 건달패에게 질 리는 없겠지만 무안해서 얼굴이 더 빨개졌다.

"얼씨구?"

건달패들이 어슬렁거리며 소민과 표상국을 에워싸려는데, 진자강이 옆에서 툭 던지듯 말했다.

"오 노사의 소개를 받고 왔습니다."

건달패들이 진자강을 쳐다보며 고개를 갸웃거렸다.

"오 노사?"

그런데 그중 한 명의 얼굴이 갑자기 하얗게 질렸다.

"혹시 구북촌에서 오셨습니까?"

"그렇습니다."

건달패가 바로 허리를 숙였다.

"죄송합니다! 미처 알아보지 못했습니다!"

다른 건달패들이 영문을 몰라 눈만 끔벅이는데, 인사를 한 건달패가 진자강에게 조심스레 물었다.

"혹시 여기 오신 이유가……."

"팔대가를 보러 왔습니다."

건달패가 다시 허리를 직각으로 숙였다.

"모시겠습니다!"

영운과 표상국, 소민 세 사람은 엉겁결에 진자강을 따라 도박장에 들어서게 되었다.

"콜록콜록!"

소민은 들어서자마자 기침을 했다.

앞이 잘 보이지도 않을 정도로 뿌연 연초 연기가 숨 막히게 피어올랐고, 시끄러운 사람들의 목소리가 귀를 울렸다.

싸구려 술 냄새가 코를 찔렀다.

"어휴! 눈 매워."

소민의 투정이 담긴 앳된 목소리에 입구 쪽에 있던 몇몇이 낄낄 웃었다.

영운과 표상국은 신기한 듯 도박장 안을 둘러보았다. 남녀노소 할 것 없이 저마다 노름판에 둘러앉아서 열을 올리고 있었다. 돈이 오가고 전표가 오갔다. 한쪽에서는 탁자 하나를 놓고 고리로 돈을 빌려주는 자도 있었다.

건달패는 편히 즐기시라며 진자강에게 돈까지 찔러 주고 갔다. 숙소도 원하면 좋은 데로 옮겨 준다며 몇 번이고 당부했다.

영운이 진자강에게 물었다.

"진 형. 저들은 평범한 건달이 아니라 하오문도인 것 같소. 하오문과도 연이 있소?"

"북천의 고수에게서 구해 준 적이 있습니다."

"그럼 저들에겐 진 형이 은인이구려. 하오문은 정사의 중간에 있지만 은혜를 잊지 않기로 유명하지."

표상국이 눈을 반짝반짝 빛내면서 진자강에게 부탁했다.

"진 형, 이왕 왔으면 좀 놀아도 되겠소?"

"그러십시오. 파장할 때까지는 있다 갈 겁니다."

소민까지도 신나서 표상국과 놀러 갔다.

진자강도 적당한 수투판에 자리를 잡고 앉았다. 영운은 끼지 않고 뒤에서 진자강을 구경했다.

중경까지 와서 갑자기 도박판을 찾아온 진자강의 행동이 못내 희한하기 짝이 없는 것이다.

판주가 그림이 그려진 팔십 장의 패를 들고 진자강을 포함한 다섯 명의 손님에게 각기 다섯 장씩을 나눠 주었다.

종이 패의 그림은 각각의 숫자를 의미하는데, 다섯 장중에서 세 장을 합쳐 일십, 이십, 삼십을 맞춘다. 그리고 나머지 두 장으로 끗수를 겨루는 것이다.

"에잇, 꽝이네. 꽝. 쯧."

세 장으로 십 자리의 수를 맞추지 못하면 그 판은 실격이다. 염소 수염의 중년인이 패를 접었다.

남은 넷이 세 장의 패를 까 둔 채 나머지 두 장으로 승부를 겨루었다. 판돈이 올라가면서 중간에 한 명은 포기했다.

"제길, 다들 좋은 끗을 잡은 모양이군."

옆에 앉은 아낙이 신을 내며 자신의 패를 드러내 보였다.

"조장(鳥將) 잡았다! 이 판은 내 거야."

다른 한 명이 혀를 차며 패를 내던졌다. 진자강은 별 감흥 없이 자신의 패를 내보였다. 두 패 모두 초서체 모양으로 사람이 그려져 있었다.

"쌍십(雙十)이군요. 제가 인장(人將)을 잡았습니다."

"……."

"……."

다른 사람들이 전부 어이가 없는 표정으로 진자강을 쳐다보았다.

사람의 그림은 십(十)의 숫자를 의미하는데 사람이 둘인 쌍십이면 인장이었다. 이를 황(皇)이라 부르는데, 수투에서 가장 높은 수다.

황이 나오면 참가자들이 판돈의 세 배를 황을 잡은 이에게 주어야 한다.

"어이어이, 첫 판인데 황이 떴다고? 장난하는 거야?"

때문에 황이 나오면 그 판은 끝난 거나 다름이 없다. 다들 황당해하면서 남은 돈을 털어 냈다.

눈앞에서 거금을 놓친 아낙은 돈을 다 털리고 황망하게 앉아 있다가 벌떡 일어나 고리대금을 빌리러 갔다.

"아유! 저 청년만 아니었으면 내가 다 따는 건데. 그래도 오늘 끗발은 나쁘진 않아. 돈 좀 빌려줘 봐."

나머지 세 사람은 자리를 털고 일어나 버렸다.

"오늘은 날이 아닌가 보군. 시작하자마자 이게 뭐야."

"에이, 김빠져."

판주가 판돈에서 개평을 떼고 나머지를 진자강의 앞으로 밀어 주었다.

"시작하자마자 황이라니, 젊은 친구가 대단하구려."

"오늘 운이 괜찮은가 봅니다."

영운은 뒤에서 보고 있다가 놀라서 입을 다물지 못했다.

단 한판에 돈을 쓸어 담았다. 대충 보기에도 수백 냥은 되는 것 같았다.

"돈 벌기 쉽구려."

영운의 감탄에 진자강은 덤덤하게 대답했다.

"잃기도 쉽습니다."

진자강은 굳이 자리를 옮기지 않고 그 자리에서 놀음을 계속했는데, 자신의 말을 일부러 지키려는 것처럼 이번엔 상당한 금액을 잃었다.

그리고 또 따고 잃기를 반복했다.

영운이 보기엔 분명히 많이 잃은 것 같은데 파장할 때인 새벽이 되자, 진자강의 앞에는 은전과 전표들이 수북하게 쌓여 있었다.

천 냥 가까운 돈이었다. 진자강은 딴 돈을 한 장의 전표로 바꿔 품에 챙겨 넣었다.

그에 비해 가진 돈을 탈탈 털리고 온 표상국은 진자강을 부러운 눈으로 쳐다보았다.

"진 형은 못하는 게 없소?"

"친해지는 걸 잘 못합니다."

"아아…… 별로 위안이 안 되잖소."

소민은 오히려 조금 따서 방긋방긋 웃고 있었다.

"아침 식사는 내가 살게요!"

* * *

진자강은 매일 도박장을 갔다. 따고 잃기를 반복하는데 어쨌든 나중에 보면 손해는 보지 않았다. 어느새 수천 냥에 이를 정도로 거액을 모았다.

하지만 세 사람은 여전히 진자강이 왜 저러고 있는지 알 수가 없었다. 표상국만 도박에 재미를 붙여서 좋아할 뿐, 영운과 소민은 금세 도박에 흥미를 잃었다.

도박장을 쫓아다니는 것도 하루 이틀이었다. 열흘이 넘어가니 뭐 하나 지켜보는 것도 지루해졌다.

진자강에게 여기서 뭘 하느냐고 물어도 때를 기다린다고 대답할 뿐이었다.

세 사람이 슬슬 묘랑대로 돌아가야겠다고 생각할 때였다.

진자강이 말을 꺼냈다.

"세 분께 말씀드릴 일이 있습니다."

진자강이 먼저 얘기를 꺼내는 경우는 흔치 않은 일이라 세 사람은 귀를 쫑긋했다.

"무슨 일인데요?"

"오늘부터는 분위기가 좀 험해질 겁니다."

"……?"

"계속 남아 계시면 내 일에 더 깊이 관계될 수 있습니다."

"그게 무슨 뜻이오?"

표상국이 알쏭달쏭해 했다. 소민이 표상국의 옆구리를 쳤다.

"으이구. 더 이상 함께 있으면 위험해질 거니까 손 떼고 싶으면 지금 손 떼라는 말이잖아요."

표상국이 울컥해서 말했다.

"그건 우리를 너무 무시하는 거잖소!"

진자강이 살짝 쓴 미소를 지으며 소민을 쳐다보았다.

"무시하는 투로 느끼지 않았으면 해서 일부러 말을 조심했습니다만."

"그거야말로 우리를 무시하는 거라고요."

표상국이 흥분했다.

"말을 고르면 뭐 하오? 뜻은 똑같은데! 우리 종남의 제자는 불의 앞에서 물러서지 않고 의협심을 최우선으로……."

소민이 표상국의 입을 막았다.

"오라버니가 자꾸 그렇게 흥분하니까 진 소협이 더 말을 못 하잖아요!"

"으압! 읍읍!"

진자강이 어쩔 수 없이 말했다.

"명확히 하겠습니다. 어디서, 어떤 식으로, 어떤 자들이 습격해 올지 모릅니다. 그런 위험을 감수해야 합니다."

세 사람의 표정에 살짝 긴장감이 감돌았다. 지금껏 진자강이 위험하다고 하면 위험하지 않은 적이 없었다.

"대낮에도 과감하게 움직이며 관부 사칭을 두려워하지 않고, 북천의 고수를 움직일 수 있는 정도의 세력입니다."

영운이 물었다.

"그게 누군지 진 형은 압니까?"

"상대의 정체는 모릅니다. 의도도 모릅니다. 다만 북천의 고수와 관계가 있다는 것만 압니다. 그 실마리를 잡으러 이곳에 온 겁니다."

"그렇다는 건……."

세 사람은 서로를 쳐다보았다.

우려했던 대로 진자강은 심각한 일에 연루된 모양이었다.

본래 셋은 막 떠나려던 참이었다. 그러나 이런 얘기를 듣고도 떠날 수는 없었다.

단순한 호기심을 넘어서 어쩌면 강호 무림에서 모략을 꾸미는 암중 세력을 찾아낼 수 있을지도 모른다는 생각에 흥분되기까지 했다.

표상국이 소민의 손을 치우고 진자강의 어깨에 팔을 두르며 말했다.

"잘 생각했소. 우리 묘랑대가 하는 일이 바로 그런 것이라오. 우리 후기지수들은 협객이 되기 위해 어떤 위험도 마다하지 않고……."

영운과 소민이 경직된 얼굴로 표상국을 쳐다보았다.

"응?"

표상국은 자기가 무심코 진자강의 어깨에 팔을 두르고 있다는 걸 깨닫고 흠칫했다. 일반 사람들도 갑자기 팔을 올리면 기분이 나쁠 터인데, 하물며 무인들끼리 함부로 몸에 손을 대는 것은 절대의 실례다.

표상국은 천천히 진자강의 어깨에서 팔을 빼고 자신을 빤히 바라보는 그에게 어색하게 웃어 보였다.

"지, 지, 진 형은 치, 치, 친해지는 걸 못한다더니 정말로 치, 친해지는 걸 잘 못, 못하는구려. 하, 하하."

소민이 표상국을 빤히 보았다.

"오라버니는 말을 잘 못 하는 거 같은데요."

"시, 시끄러워. 민 매! 나도 나름 최선을 다, 다하고 있다고!"

영운이 하하 웃었다.

"표 아우는 언제고 그러다가 호되게 혼이 날 거야. 그러니 이번만큼은 봐주시죠, 진 혀……."

사르륵.

갑자기 향기가 났다.

세 사람은 소름이 끼쳤다. 영운도 말을 하다 말고 딱 굳었다.

세 사람의 머리에 공통적인 글자들이 떠올랐다.

'수라혈!'

'적멸화!'

깜짝 놀란 표상국이 물러섰다.

투두두둑.

표상국의 소매 깃에 꽂혀 있던 침 세 자루가 바닥으로 떨어졌다.

"……."

진자강이 언제 거기에 침을 꽂았는지, 정작 소매에 침이 꽂힌 표상국은 알지도 못했다.

표상국이 항의했다.

"이, 이런 장난으로 수라혈까지 쓰는 건 너무하는 거 아뇨!"

진자강은 무슨 말이냐는 듯 대답했다.

"나도 장난이었습니다만."

세 사람이 입을 쩍 벌렸다.

'장난으로 수라혈을 쓰는 사람이 어디 있어!'

진자강이 말했다.

"아아, 향 때문에 오해한 모양이군요. 혹시나 향 때문에 제 수법이 노출될까 싶어 향낭을 하나 구입했습니다."

진자강이 소매에서 향낭 주머니를 꺼내 흔들어 보였다.

세 사람은 뒤로 물러나서 진자강을 째려보았다.

"고의야. 고의가 분명해."

"이건 고의가 아닐 수 없어. 왜 그 찰나에 향기가 나."

"진짜 개무섭다……."

진자강이 간만에 싱긋 웃었다.

"그럼 세 분을 믿고 부탁드리겠습니다. 도움이 필요한데, 도와주겠습니까?"

"그야 뭐……."

이제 와서 안 된다고 할 수도 없는 노릇이었다.

표상국은 진자강에게 당한 게 억울해서라도 그냥은 수락할 수 없다고 생각했다.

"대신 한 가지만 알려 주시오!"

"뭡니까?"

"어떻게 도박에서 그리 이길 수 있는 거요? 아무리 운이 좋아도 연전연승을 할 수는 없지 않소. 비법을 한 가지만 가르쳐 주시오. 나도 좀 따 보게."

진자강이 표상국의 앞에 손을 내보였다.

"뭐요?"

"잘 보십시오."

진자강이 손을 돌려 손바닥을 보이자 손바닥 위에 갑자기 패가 생겼다. 원래 있었던 것처럼.

"으응?"

표상국이 눈을 크게 떴다.

그리고 진자강은 손바닥을 뒤집었다. 손가락 사이에서 패가 튀어나왔다. 패가 두 장이 되었다가 세 장이 되었다. 손을 접으니 순식간에 패가 다 사라졌다.

"뭐야 이게!"

표상국은 정말로 놀랐다. 내공까지 담고 안력을 돋웠는데 진자강의 손놀림을 보지 못했다. 표상국이 진자강의 손을 잡고 살폈으나 패를 찾을 수 없었다.

"이거 나도 좀 알려 줘!"

"배우는 데 삼십 년이 걸린다더군요."

표상국이 흠칫했다.

"진 형, 설마 반로환동한 거야?"

"그건 아닙니다만, 이걸 배우면 구 할의 승리를 장담할 수 있습니다."

"그럼 나머지 일 할은?"

진자강이 살짝 미소를 머금었다.

"미안하지만 그건 끝나고 알려 드리겠습니다."

*   *   *

그날부터 진자강은 돈을 쓸어 모으기 시작했다. 연속으로 인장을 잡아 판을 박살 내는가 하면, 열 번을 이기는 동안 단 한 번도 지지 않는 일도 허다했다.

물론 아주 지지 않는 건 아니었으나 질 때에는 최소로 돈을 잃었다. 그러나 이길 때에는 사정없이 돈을 긁어냈다.

하루 만에 수천 냥이 진자강의 수중에 쌓였다.

이틀, 사흘을 그렇게 하자 도박장의 분위기는 매우 나빠졌다. 진자강을 볼 때마다 사람들의 눈빛이 사나워졌다.

하지만 진자강은 아랑곳하지 않고 계속 이겨 나갔다.

진자강은 과시하는 것처럼 딴 돈을 전표로 바꾸지도 않고 도박장 한쪽에 모아 두었다. 그리고 아예 도박장에서 상주하며 돈 앞에서 먹고 자고 했다.

진자강이 도박하는 동안만 세 사람이 돌아가면서 그 돈을 지켰다. 도와 달라는 게 이것이었다.

영운과 소민은 허탈해서 하하 웃었다.

"대 무당과 화산의 제자가 도박장에서 딴 돈을 지키고 있는 신세라니."

심지어 자루에 담거나 하지도 않고 일부러 보란 듯이 탁자에 가득 쌓아 놓았다.

돈을 잃은 사람들이 쌓여 있는 돈을 보고 매섭게 눈을 빛냈다. 진자강이 돈을 딸수록, 사람들이 돈을 잃어 갈수록 눈빛은 더욱 흉흉해졌다.

놀라운 것은 도박장의 태도였다. 이쯤 되면 도박장에서 말릴 법도 한데 그냥 내버려 두었다. 대신 진자강의 재물을 대신 지켜 주지는 않았다.

"하오문의 의리가 대단하군."

"그만큼 신뢰한다는 건가?"

세 사람은 돈이 쌓여 가고 자신들을, 정확히는 자신들의 뒤에 있는 돈을 바라보는 사람들의 눈빛이 험해질수록 불편해졌지만 궁금해서라도 그만둘 수가 없었다.

진자강이 너무 이겨 대니 사람들의 불평불만이 극심해졌다. 어지간하면 판에 끼워 주지 않으려 했다.

그러자 진자강이 선언했다.

십 대 일.

자신이 질 경우에는 판돈의 열 배를 지급하겠다고 약속한 것이다.

사람들의 입장에서는 손해 볼 게 없었다. 지면 그냥 있는 돈만 나가는 거지만 이기면 열 배를 받는다. 만약 쌍십으로 인장이라도 잡으면 삼십 배가 된다!

몇 명이 실제로 진자강에게 이겨서 열 배의 배율로 돈을 받아 가자. 사람들은 눈이 벌게져서 너도나도 진자강과 승부하기를 원했다.

소문이 퍼져서 다른 지역에서 원정을 오는 도박꾼들도 생겨났다.

때문에 도박장은 점점 더 사람이 늘었다. 구경하러 왔다가 재미 삼아 진자강에게 도전하는 사람, 돈을 잔뜩 들고 와서 진자강의 돈을 따내려는 사람, 전문 도박사 등…… 수많은 사람들이 찾아오기 시작했다.

하지만 진자강의 돈은 더 빠른 속도로 쌓여 갈 뿐이었다. 진자강이 늘 따기만 하는 것은 아니었기에 욕심을 품은 사람들은 더 달려들었다. 하나 결과적으로 보면 결국은 진자강이 따서 보유금이 더 늘었다.

영운과 소민은 탁자를 넘어서 바닥에까지 쌓인 은자와 전표를 보며 걱정스러운 표정이 되었다. 사람들이 많아지고 있어서 부담감이 점점 커졌다. 이러고 있다가 사문에 걸리기라도 하면 뭐라고 변명을 할 것인가.

그때.

"으아아아!"

돈을 잃고 미쳐 버린 청년이 눈이 돌아가서 쌓인 재물로 뛰어왔다.

도박을 하던 다른 사람들이 서로의 눈치를 보았다. 모두의 이목이 진자강이 쌓아 놓은 재물로 향했다. 소동이 나면 너도나도 끼어서 돈을 집어 갈 수도 있었다.

"돈 좀 줘! 돈 좀 달라고! 이렇게 많으니까 나 좀 줘도 되잖아!"

청년이 돈을 왕창 집으려 했다.

소민이 한숨을 쉬며 청년의 목덜미를 잡았다. 청년이 팔을 휘둘러 소민을 쳤다. 소민은 고개를 살짝 피하며 발로 다리를 걷어차고, 한 팔로 공중에서 청년을 빙글빙글 돌렸다. 청년은 정신없이 공처럼 공중에서 돌았다.

"으아아! 으아아아!"

진자강이 부탁했다.

"다치지 않게 해 주십시오."

"알았어요."

소민은 청년을 바닥에 내려놓았다.

쿵!

청년은 엉덩방아를 찧었다. 무슨 일이 있었는지 정신이 없어서 어리둥절한 모습이었다.

도박장 안의 사람들은 그제야 소민이 단순히 어린 처자가 아니라는 걸 알았다. 자기 몸보다 더 큰 남자를 장난감처럼 들고 놓으며 가지고 놀았다. 여염집 처자가 할 수 있는 일이 아니었다.

진자강은 분위기가 가라앉자, 다시 선언했다.

"이십 대 일. 판돈의 배율을 스무 배로 올리겠습니다."

포기하고 있던 사람들의 눈빛에 다시 탐욕이 타올랐다.

"그리고 몇몇 분에 한해서는 판돈 배율을 백 배로 해드리겠습니다."

"배, 백 배?"

그야말로 일확천금!

아흔아홉 판을 지고 한 판만 이겨도 본전!

어쨌든 한 번만 이기면 엄청난 돈을 벌 수 있게 된다.

"그 방법이 뭐요? 누가 백 배를 받을 수 있는 거요?"

진자강이 자신을 바라보는 수백 명의 사람들을 한 명 한 명 쳐다보며 말했다.

"운남에 있는 철산문에서 팔린 물건들을 찾고 있습니다. 무엇이든 좋으니 철산문에 관계된 물건을 가져오면 백 배의 배율로 판돈을 드리겠습니다."

사람들이 수군거렸다.

"철산문이 뭐야."

"몰라. 그런 데가 있어?"

"운남의 무슨 문파였던가. 어디서 들은 것 같네."

동시에 의문도 떠올랐다. 도대체 이 청년은 무엇 때문에 이런 일을 하는 것인가?

한 노인이 나서서 물었다.

"이보게. 아무래도 묻지 않을 수 없군. 자네는 누구인데 철산문이란 곳의 물건을 찾고 있는가?"

영운과 표상국, 소민 세 사람은 기겁해서 진자강을 쳐다보았다.

설마 대놓고 말을 하지는 않겠……!

하지만 기대에 무색하게 진자강이 대답했다.

"진자강입니다."

"진…… 자강?"

누군가 소리쳤다.

"도, 독룡이다!"

도박장 안의 사람들은 일순간 얼어붙었다.

독룡!

잠깐 사이에 장내에 공포의 감정이 휩쓸고 지나갔다.

강호에선 이제 독룡을 모르는 사람이 없다.

운남 독문을 모조리 멸문시켰으며 삼룡사봉 중에 셋을 죽였다. 그것만으로도 경악스러운데 당가며 제갈가 그리고 금강천검 백리중마저 독룡을 막지 못했다.

그야말로 파죽지세.

때문에 호사가들 중에는 독룡의 무위가 어느 정도나 되는지 궁금해하는 이들도 많았다.

사람들은 숨을 죽이고 진자강을 바라보았다. 혹시나 주변에 독이 있지 않을까, 공기 중에 퍼져 있는 독에 중독되지 않을까 싶어서 숨 쉬는 것조차 조심스러웠다.

진자강은 아무런 행동도 취하지 않고 가만히 기다렸다.

분위기가 진정되자 몇몇 사람들은 진자강이 함부로 손을 쓸 거라고 생각되지 않았는지, 호기심을 갖고 진자강을 쳐다보았다.

"생각보다 엄청 어려 보이는데⋯⋯?"

"진짜 독룡인가?"

진자강의 행적 중에는 싸움 말고도 유명한 얘기가 있다.

몇몇 여인들이 진자강의 얼굴을 쳐다보며 작은 소리로 쑥덕거렸다.

"당가의 영애가 저 얼굴에 반했다는 거지?"

"여자인 우리보다 더 얼굴이 곱고 반반하긴 하네."

진자강은 내공이 늘어남에 따라 신체 능력도 발달했다. 그들의 말을 듣지 않으려고 해도 저절로 들렸다.

그때 진자강 뒤에서 들려온 웃음소리.

"풉!"

사람들은 깜짝 놀라서 다시 몸이 굳었다. 어떤 미친놈이 간덩이가 부어서 독룡 앞에서 웃는단 말인가!

소민이었다. 소민은 모든 사람들이 자신을 쳐다보자 화들짝 놀라서 입을 가렸다.

"아, 죄송합니다."

하지만 덕분에 분위기는 오히려 좀 풀렸다.

진자강은 표정 변화 없이 재차 강조하며 말했다.

"다시 말씀드립니다. 어떤 것이든, 철산문에서 나온 물건을 가져오시면 백 배입니다."

누군가 조심스럽게 물었다.

"철산문에서 나온 물건이 뭘 말하는 겁니까?"

진자강은 확실하게 확인해 주었다.

"정확히 말하자면 장물입니다."

사람들이 술렁거렸다. 그러나 호기심보다는 돈에 대한 욕심이 더 크게 생긴다.

한 번만 이기면 백 배!

진자강이 지지 않는 것도 아니다. 지고 이기고를 반복하기에 한 번이라면 이길 수 있을 것도 같다.

사람들은 저 뒤에 쌓인 금전들을 모조리 가질 수 있을 것 같은 착각에 빠졌다.

자신들이 알고 있는 모든 인맥을 동원하고 수소문해서 철산문의 장물을 찾아내야 할 터였다.

영운과 표상국, 소민은 소란이 좀 가라앉자 휴 하고 한숨을 내쉬었다.

"처음부터 이럴 작정이었구려. 왜 돈을 쌓아 두고 있나 했더니."

쫓기는 입장이라 당연히 정체를 숨기고 다닐 줄 알았는데, 그렇지 않다.

"진 형의 배포에는 하여간 두 손 두 발 다 들었소. 하지만 분명 오늘의 일을 주변 문파는 물론이고 진 형이 말한 그자들도 알게 될 거요. 물론 그것까지 염두에 두고 벌인 일이겠지만."

영운의 말에 진자강이 대답했다.

"그렇습니다. 세 분도 각별히 주의하십시오."

"뭐, 그야 그렇지만……."

"오늘 밤도 수고하셨습니다."

세 사람을 객잔으로 보낸 뒤, 진자강은 도박장 영업을 맡은 하오문도들과 함께 객잔을 청소했다. 그러곤 하오문도들에게 돈 얼마간을 쥐여 주었다.

하오문도들이 진자강에게 인사를 하고 도박장을 나갔다. 도박장은 아침부터 밤까지 폐쇄된다. 그동안 이곳엔 진자강 혼자만 남는다.

진자강은 한편에 앉아 가만히 눈을 감았다.

얼마 뒤 객잔 밖에서 약간의 기척들이 느껴져 왔다. 평범하게 두런거리는 기척부터 도둑처럼 발걸음이 은밀한 자의 기척, 상당한 무공을 익힌 듯한 조심스러운 숨소리의 기척들도 있었다.

저 중에는 아마도 진자강이 생각하고 있는 그 세력들도 있을 것이다.

진자강은 감각을 최대한 넓히면서 언제든 몸을 움직일 수 있도록 내공을 끌어 올렸다.

그런데 매우 익숙한 기척이 다가오는 게 느껴졌다.

"진 소혀업!"

쿵쿵쿵.

문을 두드리는 이는 소민이었다. 영운과 표상국의 기척

도 있다.

진자강은 헛웃음을 지었다. 왠지 그럴 것 같다는 생각이 든 걸 보니 어지간히 저들에게 익숙해진 것 같았다. 어느새 저들의 해맑음에 물든 걸까.

진자강은 문을 열어 주었다. 소민과 영운, 표상국이 밝은 표정으로 기다리고 있었다.

"방해는 안 됐겠죠? 진 소협 심심할까 봐 먹을 걸 좀 사 왔어요!"

*　　　*　　　*

백리중의 집무실.

"으허억! 헉!"

군사 심학은 눈앞에 나타난 망료를 보고 기겁했다.

"왜, 왜 왜 이자를 데리고 오신 겁니까!"

망료가 씨익 웃으며 심학과 친한 척을 했다.

"어이구, 오랜만이올시다. 그간 잘 계셨나?"

"자, 자, 잘 있거나 말거나 신경 쓰지 마시오!"

심학은 침까지 튀면서 망료의 접근을 경계했다.

백리중이 태연히 자신의 자리로 가 앉자, 심학이 따라가 서 망료를 손가락질하며 말했다.

"맹주를 암살하려 했던 자입니다! 이 박쥐 같은 자 때문에 우리가 누명을 뒤집어쓸 뻔하지 않았습니까! 게다가 지금도 맹에서 찾고 있는데⋯⋯!"

"입단속 잘해 두고 당분간 잘 지내 보도록 해. 중요한 때가 아닌가. 지금 상황은 어떻지?"

심학은 망료를 주시하며 백리중에게 작게 소곤거렸다.

"남궁가에서 물밑으로 움직이고 있습니다."

심학이 백리중의 얼굴에 너무 가까이 입을 대고 말해서, 백리중이 불쾌감을 느끼는 표정으로 손을 휘저었다. 심학이 가볍게 밀려서 뒷걸음질을 치다가 망료에게로 날아갔다.

"어어어어?"

망료가 심학을 받아서 손을 잡고 손등을 토닥이며 웃었다.

"여전히 손이 따뜻하구려?"

"흐어억!"

심학은 몸에 닭살이 돋아서 망료를 밀쳐 내고 그의 품에서 벗어났다.

백리중이 물었다.

"대책은?"

심학이 닭살이 돋은 팔뚝을 긁으며 난처한 얼굴로 대답

했다.

"그, 그게…… 미리 알려 주신 대로 연락을 취해 보았으나 다들 곤란해하는 바람에…… 어느 쪽으로 붙어야 할지 이리저리 재고 있어서…… 당장은 우리 쪽 편에 서겠다 장담하지 못한다 합니다."

"껄껄껄!"

망료가 웃었다.

심학은 얼굴이 벌게져서 망료를 째려보았다.

"당신은 방법이 있소? 대안도 없이 웃는 건 아니겠지."

망료가 느긋하게 자리에 앉으며 대답했다.

"물론이오. 아무 생각도 없이 청성파와 아미파를 내 준 건 아니니까 말이외다."

심학이 얼굴을 일그러뜨리고 물었다.

"청성파와 아미파가 독룡의 편에 붙었다더니 그게 당신이 한 일이오?"

"뭐, 말하자면 그렇소이다."

심학이 날이 선 목소리로 물었다.

"좋아. 그래서 당신이 말하는 방법이 뭐요? 도대체 뭔데 그리 자신만만하지?"

다시 껄껄 웃은 망료가 대답했다.

"편 가르기."

"뭐? 지금 그게 안 되고 있다니까? 우리 편이 되겠다는 확답을 못 하겠다는데 어쩌란 말요?"

망료가 웃으며 심학에게 물었다.

"지역 제후들이 서로 패권을 잡겠다고 난립할 때에 가장 중요한 점이 뭐지?"

"그야 당연히 적통(嫡統)이지."

"바로 그거야, 적통! 그 적통을 잡으면 반은 먹고 들어가는 게야."

심학이 코웃음을 쳤다.

"무림맹주는 왕의 자리가 아니오. 애초에 해월 진인도 여러 문파가 합심해 추대(推戴)로 선출한 것인데, 무슨 적통을 찾는단 말이오?"

"그러니 결국 무림맹주가 되고자 하는 자들에게 있어서 중요한 건 누가 더 많은 문파를 자기편으로 만드느냐 아니겠소? 그래야 추대에 힘이 실리지."

"그, 그렇소."

"우리 편이 될까 말까 고민하는 놈들을 우리 편으로 만드는 방법은 간단하오. 고민을 안 하고 우리 편이 될 수 있는 명분을 주는 거지."

"어떻게 명분을 준단 말이오? 그리고 엄밀히 말하자면 해월 진인의 적통은 장강검문에 가깝소. 소림사에 비견될

힘을 가진 무당파, 무림 세가 중 가장 강력한 남궁가. 그 둘
이 장강검문에 건재한 이상 타인이 해월 진인의 적통을 주
장하긴 어렵소."

"우리에게 적통이 있다고 우기면 되지."

"……!"

심학은 어이가 없어 망료를 빤히 쳐다보았다. 하마터면
미친놈이라고 욕을 할 뻔했다.

"아니, 이 사람이 우길 게 따로 있지…… 우리가 우긴다
고 남들이 그걸 믿어 주나? 장강검문이 해월 진인의 손에
서 생겨난 걸 모두가 뻔히 아는데?"

망료가 입꼬리를 길게 올리며 웃었다.

"무당파, 남궁가. 이 둘만 있으면 가히 정파 최고의 무력
을 갖고 있다고 해도 과언이 아니지. 그런데 왜 해월 진인
은 정파 최고의 무력을 갖고도 새 판을 짜려 했을까?"

심학은 머리가 복잡해졌다.

"마음에 안 들었나?"

"뭔가가 마음에 안 들었겠지. 그러니까 그간 검각주를
가까이했던 게 아니겠소. 지금은 아니지만."

망료가 심학과 백리중을 차례로 보며 물었다.

"자, 그럼 시작하기 전에 하나 확인할 일이 있는데."

"말하라."

"우리의 목표는 무림맹주요. 하나 해월 진인은 아직 생존해 있지. 마지막 순간에 해월 진인이 다른 마음을 먹을 수도 있소이다? 그럼 어떻게 할 거요?"

심학의 얼굴이 하얗게 질렸다.

"이런 미친! 지, 지, 지금 그걸 말이라고…….”

그때, 집무실 안에 날카로운 살기가 그득해졌다. 살기의 근원은 백리중이었다.

심학은 어깨를 움츠리며 몸을 오들오들 떨었다.

백리중의 눈빛이 맹수처럼 빛났다.

망료가 굳이 확인할 필요도 없었다. 이미 그것으로 대답은 충분했다.

"확실해서 좋군."

망료가 말했다.

"중경에 독룡이 나타났다고 하더이다. 장강검문이 강서에서 활동하고 있었지? 장강검문부터 흔들어 봅시다."

*   *   *

백리중이 청룡대검각의 이름으로 강호에 선포했다.

무림맹주이자 백도 무림의 대부인 해월 진인이 사특한

의도를 가진 자들에 의하여 피습당하였음을 뭇 동도들은 이미 알고 있을 것이다.

이후 무림총연맹 귀주 지부가 마교의 공격을 받아 전멸하고 사파의 무리가 사천을 뒤흔드는 등, 천년 정기를 지켜온 백도 무림은 당금에 이르러 최대의 위기를 맞이하고 있다.

실로 안타깝고 우려스러운 일이 아닐 수 없다.

강호의 안녕을 바라는 한 명의 정파인으로서 이를 어찌 두고 볼 수만 있으랴!

이에 본인은 천명하노니, 뜻있는 의협들과 정의회(正意會)를 발족하여 해월 진인의 의기를 지켜나가기로 하노라.

해월 진인이 부상을 훌훌 떨치고 본연의 자리로 돌아올 때까지 우리 정의회는 아무 사심 없이 그분의 뜻을 계승하여, 악을 단멸(斷滅)하고 정의를 수호하며 백도 무림을 지켜나가겠노라.

뜻있는 의협들이여! 정의회에 오라!

정의회만이 백도 무림을 지키는 희망이며, 우리가 하나로 뭉치는 것만이 사마외도에 대항하여 싸울 수 있는 유일무이한 방법임을 명심불망(銘心不忘)할지어다.

강호 무림이 술렁거렸다.

정의회!

백리중은 강호 무림의 최고 고수로 일사이불삼도이왕 중 한 명인 청성파의 무암 존사를 쓰러뜨린 고수였다. 독룡이 란 애송이에게 한 방 먹었다는 것은 다소 흠결이 되었으나, 그가 여전히 무림총연맹의 무력조인 청룡대검각의 각주라 는 건 변함이 없었다.

게다가 백리중은 발 빠르게 수장이 없는 백호지황각까지 도 흡수해 버렸다. 무림맹주의 부재로 백호지황각의 새로 운 수장이 임명되지 못하고 있던 사태를 이용한 것이다.

막대한 무력 조직을 바탕으로 백리중은 거대 문파가 아 닌 중소 문파들부터 흡수해 정의회의 덩치 불리기에 나섰 다.

* * *

중경에서 독룡이 철산문의 장물을 찾고 있다는 소문이 퍼졌다.

진자강의 재물을 노리는 자들은 물론이고 진자강을 지켜 보던 이들까지 중경으로 몰려들었다.

그 과정에서 심심치 않게 철산문의 장물이 들어왔다.

간혹 간 크게도 장물이 아닌 것을 들고 와 떼를 부려 보는 자들도 있었으나 진자강은 그들마저도 전부 받아 주었다.

하나 아직까지 유의미한 진전은 없었다.

그러던 중.

멀쑥한 모습에 비단옷을 차려입은 중년인이 진자강을 찾아왔다.

중년인은 철산문의 장물을 가져오는 대부분의 이들이 그러하듯 방에서 진자강과 단둘이 독대했다. 그리고 그 자리에서 얇은 책자 한 권을 내놓았다.

중년인이 말했다.

"철산문의 장원에 들어오는 물품들의 거래 장부라네."

진자강의 눈이 이채를 발했다. 드디어 찾고 있던 것 중 하나가 온 것이다.

"투전을 해 보시겠습니까?"

"본래 노름을 좋아하는 편이지만 오늘은 그럴 때가 아닌 것 같네."

"하면 무엇을 원하십니까."

"나는 강우상방의 소속으로 왕 모라는 사람일세. 단지 이 책자를 모두 소협에게 건네주라는 부탁을 받았을 뿐일세."

"누가 말입니까?"

"알고 싶다면 책자를 갖고 나와 함께 그들을 만나 보는 게 어떻겠는가."

그들, 이라고 했다.

혹시나 이것이 함정이라고 해도 만나지 않을 수 없었다.

"알겠습니다."

진자강은 재물을 영운들에게 맡겨 놓고 왕 상인과 함께 옆방으로 향했다.

옆방에는 삼십 대의 일남 일녀 두 명이 기다리고 있었다.

"정말로 왔군!"

약간의 무공을 익힌 듯하였으나 평범한 두 사람이었다.

왕 상인이 진자강을 소개했다.

"여기 독룡이오."

"진자강입니다."

여자 쪽이 진자강을 보고 물었다.

"독룡이라 불린다지? 소협이 정말 약문의 후손이 맞나요?"

"백화절곡 출신입니다."

남자 쪽이 탄성을 냈다.

"아아, 기억나네. 백화절곡. 맞아. 손 장로님을 뵌 적이 있어."

외할아버지인 손위학을 알고 있다는 사실에 진자강은 자
못 놀랐다.

남자와 여자가 자신들을 소개했다.

"우리도 약문 일파일세. 이쪽은 원화문, 나는 홍약파 출
신으로 둘 다 강서약문 출신이지."

반가워하는 표정을 보니 거짓은 아닌 듯하였다.

하지만 말을 들은 것만으로는 아직 그들을 믿을 순 없었
다.

"왜 나를 보자고 하셨습니까?"

원화문 출신이라는 여자가 대답했다.

"우리는 소협을 만나야 했어요. 소협이 약문의 출신이
맞는지 확인하려고요."

홍약파 출신의 남자가 대답했다.

"그리고 우리뿐 아니라 약문 출신의 생존자들이 더 있
네. 모두 은신한 채 숨어 살고 있지."

진자강이 경계심을 풀지 않는 것을 알았는지 여자가 말
했다.

"진 소협. 지금 당장은 믿을 수 없겠지만, 우리의 뒤를
봐주고 있는 곳이 어디인지 알면 믿을 수 있게 될 거예요.
우리뿐 아니라 약문의 생존자들을 돌봐 주고 있는 이들이
있어요."

"그게 어딥니까?"

여자가 잠깐 망설이는 듯하다가 힘주어 말했다.

"장강검문."

진자강은 담담하게 들었지만, 속으로는 적이 놀라지 않을 수가 없었다.

장강검문이라면 무림맹주인 해월 진인의 복심이 아니던가!

묘한 느낌을 지울 수가 없었다.

남자가 말했다.

"여기 왕 대인께서 우리를 장강검문에 소개해 주지 않았다면 약문의 생존자들은 지금쯤 모두 독문의 손에 죽어 전멸했을 것일세."

여자가 말했다.

"강우상방은 강서에 기반을 둔 상방이라 우리 약문은 물론이고 장강검문과도 평소 거래가 있었어요. 덕분에 그 일이 있던 때에 도움을 얻어 장강검문으로 피할 수 있었죠."

두 사람은 다시 한번 왕 상인에게 감사를 표했다. 왕 상인이 살짝 고개를 저었다.

"아니오. 상방으로서도 오래 거래해 온 강서약문을 외면하기 어려웠소이다. 그것은 상방주의 뜻이기도 하고, 장강검문의 여러분들이 뜻을 함께해 준 덕이기도 하오."

해월 진인의 복심인 장강검문이 약문을 돕고 있다면 그것은 해월 진인이 약문을 돕고 있다고 봐도 되는 것인가?

진자강은 생각이 많아졌다. 당장 뭐라고 대답하거나 결정하기가 어려웠다.

남자가 말했다.

"장강검문의 의인들을 소개해 줄 테니 만나 보게."

진자강이 대답했다.

"무림총연맹에서는 나를 쫓고 있는 것으로 알고 있습니다. 장강검문은 무림총연맹의 소속 문파들이 모여 만들어진 단체가 아닙니까."

"물론 그렇지. 하나 그분들은 자네에게 매우 관심이 많네. 자네를 해코지하려고 보자는 게 아닐세."

하지만 진자강은 장강검문을 만나겠다고 확답하지 않았다.

"왜 그들이 직접 찾아오지 않았는지 궁금하군요."

남자와 여자가 곤란한 표정을 지었다.

"소협이 생각보다 너무 크게 일을 벌였기 때문이에요. 수많은 눈들이 도박장을 지켜보고 있죠. 게다가 무림맹주가 부재한 요즘 같은 시기에 장강검문이 소협과 접촉한 것이 드러나면 그분들은 매우 곤란해질 거예요. 그래서 이런 복잡한 단계를 거칠 수밖에 없었어요."

"자네는 요즘 강호에서 가장 떠오르는 신성이 아닌가. 자네에게 매우 적대적인 자들은 물론이고 자네를 포섭하려는 쪽도 굉장히 많이 있다네. 어느 쪽이든 자네를 주목하고 있지."

진자강이 물었다.

"장강검문은 나를 포섭하려는 쪽입니까?"

"정확히는 말할 수 없지만, 자네의 목적을 알고 싶어 하는 것 같네. 만일 서로의 뜻이 합치한다면 도움이 될 수 있을 거라고 생각하는 듯하네."

"목적을 숨길 이유가 없습니다. 나는 약문의 혈사에 얽힌 전모를 밝히고 사문의 복수를 하려고 합니다."

여자가 진자강을 설득했다.

"그렇다면 더더욱 장강검문을 만나 보길 바라요. 그분들은 우리보다 더 많은 정보를 알고 있어요. 약문의 혈사에 얽힌 비화를 알아내기 위해서도 애쓰고 있죠. 소협에게 보낸 그 책자도 장강검문에서 구한 증거 중 하나예요."

왕 상인이 말했다.

"장강검문은 의로운 일을 하는 협객들일세. 뜻이 맞는다면 소협에게 큰 힘이 될 걸세."

진자강은 바로 결정하지 않았다.

세상일에 공짜란 없다. 받는 게 있으면 주어야 한다. 장강검문이 자신에게 무엇을 원하는지 알 수 없었다.

"생각할 시간을 주시겠습니까."

"현재 장강검문의 몇몇 협객분께서 중경에 와 계시지만, 오래 머물 수는 없어요. 결정되면 여기 강우상방의 왕 대인께 연락해 주세요."

이것은 함정인가, 아니면 새로운 기회인가.

진자강은 책자를 살펴볼 겸, 장강검문에 대해 영운들에게 물어보기로 하고 우선 원래의 방으로 돌아왔다.

영운의 무당파 또한 장강검문에 가입한 문파 중 한 곳이니.

第三章

절복(折伏)

　청해성에서부터 남경을 지나 바다까지 이르기를 길이 일만 육천 리(理).

　강 유역의 땅만 이억 정보(町步).

　중원을 가로지르는 장강의 위용이다.

　장강검문은 장강 유역을 따라 활동하는 문파들이 모인 단체로, 가장 유명한 문파로 무당파, 형산파가 있고 그밖에는 남궁가와 제갈가, 모용가, 유성검문 등이 있다.

　일단 강호에서 내로라하는 검파인 무당파와 남궁가가 있다는 것만으로도 이 장강검문의 힘이 어느 정도인지 알 수 있는 것이다. 하여 장강검문을 북천, 산동 사파, 사천 무림에 견주어 구주육천의 하나로 보는 것도 그러한 이유였다.

진자강은 영운, 표상국, 소민 세 사람과 장강검문의 초대에 대해 상의했다. 이미 세 사람도 진자강의 일에 끼어들게 된 만큼 돌아가는 일을 알 자격이 있었다.

"그러니까…… 책자의 내용은 어땠습니까? 진 형이 찾던 것이었소?"

영운의 물음에 진자강이 답했다.

"평범한 거래 내역이었습니다. 곡류, 육류 등의 식자재부터 의류나 문방사우 같은 자잘한 거래의 내역들이 적혀 있더군요. 굳이 특이한 점을 꼽자면, 그 거래가 모두 영파상인이란 이름의 상단 한 군데만을 이용했다는 것입니다."

"그건 그리 특이한 일이 아니오. 대개 문파에 수급되는 생필품, 특히 식료품 같은 경우에는 안전이 중요하기 때문에 오래 거래를 해서 신뢰가 쌓인 한 곳만을 이용하는 경우가 많소."

표상국이 말했다.

"영파상인은 곤륜파를 비롯한 운남과 사천 지역 일부를 오가는 큰 상단이지. 철산문이 영파상인을 이용한 것도 당연한 일인 것 같소이다."

영운이 진자강에게 말했다.

"이를테면 우리 무당파는 강우상방과 오랜 시간 거래를 계속해 왔소. 강우상방이 장강검문 쪽과의 만남을 중재했다면 믿을 만하오."

"하나 나는 장강검문에 대해서는 아는 바가 없습니다."

"세간에서는 본 파의 존장께서 장강검문을 설립하셨다 하지만 실질적으로는 우리 무당이 주체적으로 나섰다고 들었소. 주목적은 옳은 일을 하는 데에 강동과 강남으로 나뉜 힘을 하나로 모으기 위함인 걸로 알고 있소."

진자강이 종남파 제자인 표상국과 화산파 제자인 소민을 쳐다보았다.

표상국이 크흠 하고 헛기침을 내뱉으며 말했다.

"이번만큼은 영운 형님의 말에 토를 달아야겠군. 장강검문의 전폭적인 지지로 해월 진인께서 맹주의 자리에 오르셨다는 걸 생각해 보면, 이걸 단순한 모임으로 보기는 어렵단 말이지."

소민도 말했다.

"사실 우리 쪽에서도 장강검문을 좋게 보진 않아요. 남궁가와 제갈가, 모용가는 팔대세가로서 우리 무림 문파와는 다소 대척점에 있죠. 그런데 무당파가 앞서서 세가를 끌어들인 바람에 전통적으로 무림맹에서 높은 영향력을 가지고 있던 무림 문파들의 입지가 상대적으로 약화되었잖아요."

표상국이 동의했다.

"민 매 말이 맞아. 오죽하면 대대로 우리 쪽에서 사용하던 용봉(龍鳳)의 명호마저 세가에 빼앗겼잖아. 세가 놈들이 삼룡사봉이라고 거들먹거리던 걸 생각하면, 아으."

재밌게도 이제까지 친남매처럼 사이가 좋던 이들이 서로 다른 말을 하고 있었다.

하나 영운은 화내지 않고 고개를 끄덕여 수긍했다.

"세가들의 표가 맹주 선출에 도움이 되었다는 걸 부인할 수는 없지. 다만 그로 인해 무림총연맹이 화합하게 되었다는 것도 인정해야 할 사실이야."

영운이 진자강에게 권유했다.

"먼저 만나서 얘기를 나눠 보시오. 처신을 어찌할지에 대한 결정은 그 뒤에 해도 늦지 않지."

표상국와 소민도 수긍했다.

"그게 낫겠군."

"여긴 우리에게 맡기고 다녀오세요."

"그럼 세 분께 신세를 지겠습니다."

진자강은 세 사람에게 감사 인사를 표했다. 그리고 도박장이 파장하는 새벽이 되면 바로 장강검문에서 나온 이들을 만나기로 결정했다.

새벽이 되고, 하오문도들이 청소를 시작했다.

진자강은 도박장의 손님들이 빠져나가는 틈에 섞여 함께 나가려 했다.

그런데.

막 출발하려던 진자강은 갑자기 걸음을 멈추었다.

목덜미에 까닭 모를 소름이 끼쳤다.

'살기?'

진자강은 문을 열기 전, 온몸의 기감을 곤추세워 밖의 기운들을 감지했다.

어제와 크게 다를 바가 없다.

도박장을 나가는 사람들의 기척, 수많은 감시의 기척, 재물을 노리는 탐욕의 기척…….

'아니, 달라. 다르다!'

불길한 이 느낌은 살기와는 다르면서도 분명히 살기와 비슷한 동류의 냄새를 가진 무엇이었다.

거기다가 진자강은 문의 손잡이에 뭔가가 새겨진 자국까지 보았다. 그것은 분명 아까 파장을 알리기 전까지는 없던 자국이었다.

삼각형 두 개가 겹쳐진 조악한 낙서.

이것은 청성파에서 보낸 암호다.

'경고의 문양!'

굉장히 다급하게 남긴 듯 더 자세한 내용은 없었다.

진자강은 자신의 감각이 틀리지 않았다는 걸 깨달았다.

분명히 위험한 일이 벌어지고 있다.

영운과 표상국, 소민 세 사람이 뒤에서 의아해했다.

"진 형, 왜 안 가고 문 앞에서 그러고 있습니까?"

"진 소협?"

소민이 네 번째로 불렀을 때, 진자강이 돌아보았다.

진자강은 도박장의 손님들이 모두 나갈 때까지 묵묵히 기다리고 있다가 말했다.

"생각해 보니 이제 그만해야겠습니다."

"왜 그러시오? 우리가 지키고 있겠다는데도 마음이 안 놓이는 거요?"

"그건 아닙니다만, 곧 내가 감당하기 어려운 부분이 생길 것 같습니다."

세 사람은 어리둥절해했다.

"하지만 아직 철산문의 장물을 모으는 일도 끝나지 않았잖소?"

"겨우 자리를 잡아 놓고 이제 단서를 잡아가는 중인데, 갑자기 도중에 그만두다니?"

"이것 하나 때문에 중경에 온 거 아니었어요? 아니면 장강검문을 만나는 게 불안한 거예요?"

표상국이 말했다.

"진 형, 여긴 중경이오. 어지간한 자들은 함부로 행동하기 어렵지. 무엇을 그리 경계하는 거요?"

진자강은 극도로 경계하고 있는 모습이었다. 아무 일도 없는데 어째서 갑자기 그렇게 경계하는지 세 사람은 알 수 없었다.

진자강이 말했다.

"내가 투전을 알려 준 스승이 말해 주었습니다. 내가 아무리 높은 끗수를 가지고 있더라도 상대가 나보다 한 끗만 더 높은 수를 가지고 있으면 지게 되니 결국 아무 의미가 없다. 반대로 아무리 낮은 수를 가지고 있어도 상대보다 한 끗만 더 높으면 이긴다."

"하지만 포기하기 아깝잖소. 다 된 밥인데."

"스승은 위험하다는 판단이 들자 수십 년 동안 일궈 온 터전을 버리고 미련 없이 떠났습니다. 지금 나 또한 같은 판단을 할 때인 것 같습니다."

진자강은 닫힌 문 쪽을 보았다가 다시 세 사람을 쳐다보았다.

장강검문은 남들의 이목을 피해 진자강을 만나려고 중경에 왔다. 지금이 아니면 장강검문과 접촉할 수 없을지도 모른다.

그러나 이런 기분 나쁜 감각을 가진 채로 자리를 비울 수는 없다.

앞의 세 사람은 진자강의 조력자이며 동시에 진자강의 약점이다. 세 사람이 잘못된다면 가장 먼저 의심받게 되는 건 진자강일 것이다.

진자강은 진지한 표정으로 세 사람을 보며 말했다.

"세 분과 함께 있는 동안 많은 것을 배웠습니다. 하지만 이번은 여기까지입니다."

진자강의 미소에 영운과 표상국, 소민은 더 할 말이 없어졌다. 진자강의 우려를 모르는 바가 아니었다.

표상국은 탄식했다.

"이번처럼 내가 무력하다고 느껴지긴 처음이오. 동행 내내 혹이 된 것 같아서 마음이 편치 않구려."

영운은 도사답게 금세 감정을 정리했다.

"진 형을 만난 것은 정말로 의미 있는 일이었다고 생각하오. 내 부족함도 많이 깨달았지. 무당의 제자로서 개인적으로 진 형이 장강검문과도 얘기가 잘 되었으면 좋겠소."

소민은 두 사람보다 유독 아쉬워했다.

"진 소협. 꼭 또 만났으면 좋겠어요. 그간 진 소협을 오해해서 미안했어요."

진자강은 세 사람에게 약간의 재물을 나눠 주고 하오문도들에게 나머지 재물의 처분을 부탁한 후, 약속 장소로 떠났다.

　　　　*　　　*　　　*

　도박장에서 남쪽으로 강을 따라 삼십 리 정도 떨어진 곳에 있는 허름한 사당.

　왕 상인에게 들은 약속 장소다.

　아직 아침이 밝지 않아 어둠이 깔려 있었다.

　절룩절룩.

　진자강은 걸음을 재촉해 사당으로 향했다.

　한데 사당이 머지않았을 즈음, 강변을 따라 내려가는 도중에 앞쪽 바위에 앉아 있는 노승이 보였다.

　민머리에 삿갓을 쓴 노승은 끝에 둥그런 고리가 달려 있고 키보다 조금 더 긴 지팡이 형태의 선장(禪杖)으로 삿갓을 밀어 진자강을 쳐다보았다.

　나이가 육십, 칠십 세가량 되었을까. 인자한 표정의 노승이었다.

　눈이 마주친 진자강이 가볍게 목례하며 노승을 지나치려는데, 노승이 늙수그레한 목소리로 말을 건넸다.

　"이보게, 젊은 시주. 잠시 쉬었다 가지 않겠나."

　사람들의 왕래가 거의 없는 이른 아침. 약속 장소로 가는 길목에서 만난 범상치 않은 노승.

　이것이 우연일 리 없다.

진자강은 경계하며 가볍게 합장했다.

노승이 빙그레 웃으며 말했다.

"나무아미타불 관세음보살. 노납은 범몽이란 중일세."

"진자강입니다. 나를 기다리신 겁니까?"

"노납은 소림사에서 왔다네."

소림사!

천년사찰 소림사!

어떠한 경우에도 흔들리지 않고 강호의 초창기부터 백도 무림을 지탱해 온 강호의 태산북두.

우스갯소리로 전성기에는 전 무림이 덤벼도 소림사의 일 주문을 넘기 힘들다고 할 정도로 막대한 무력을 가졌으며, 강호의 모든 문파 중 가장 깊은 수준의 무학을 지녔다.

존재하는 자체로 백도 무림을 상징하며, 누구나 인정하는 정도(正道)의 기준.

그 소림사의 승려가 진자강의 앞에 나타난 것이다.

하나 진자강은 경계를 풀지 않고 거리를 유지한 채 범몽을 바라보았다.

범몽이 물었다.

"묘하군. 묘해."

진자강은 대꾸하지 않았다. 경계를 풀 수 없었다.

"소림 출신임을 밝히면 대개는 의심을 풀고 안심한다네.

하나 시주는 그렇지 않군."

"내가 안심해야 할 이유가 있습니까?"

"안심하지 못할 이유가 있는가?"

"몰라서 묻는지, 알면서 굳이 확인하고자 하는지 모르겠군요. 소림사라면 무조건 안심해야 합니까?"

"지나온 길, 해 왔던 일. 소림이 걸어온 역사가 소림을 증명하고 있지 않은가."

"내가 망한 문파의 후예가 아니었다면 그 말을 인정할 것입니다. 혹은 악인들이 소림에 의해 단죄되었다면 그 또한 소림의 옳은 역사가 되었을 겁니다. 하나 나는 소림의 정의를 어느 곳에서도 보지 못하였습니다."

"시주가 보지 못하였다고 없다 단정할 수 있겠는가?"

진자강의 표정에 점점 날이 서기 시작했다.

범몽이 무슨 소리를 한들 소림사 역시 무림총연맹의 일원이다. 원죄에서 벗어날 수 없다.

"하면 묻겠습니다. 약문의 혈사에 소림사가 한 일이 무엇입니까?"

"나무아미타불 관세음보살……."

범몽이 깊은 숨을 내쉬며 불호를 읊조렸다.

"시주의 깊은 슬픔이 느껴지는도다. 생사불이(生死不二), 삶과 죽음은 둘이 아니라 한들, 백 번을 외고 천 번을 읊은

들 사문을 잃은 마음을 어찌 다 혜량(惠諒)하겠는가!"

"스님은 아직 내 질문에 대답하지 않았습니다."

"변명하건대, 소림의 역할을 알고자 한다면 소림 안에 있는 이대도문(二大導門)을 먼저 알아야 한다네."

도문은 중생을 교화하여 해탈로 이끄는 방법을 말한다.

즉 이대도문이란 교화의 방법에 관하여 입장이 다른 두 종파가 있다는 뜻이다.

"각각 섭수종(攝受宗)과 절복종(折伏宗)이라 부른다네."

소림사의 방장 대사는 강호 무림에서 절대적인 영향력을 행사하는 것으로 알려져 있다.

그런데 그 안에 두 종파라니.

이건 무슨 소리인가?

범몽이 말을 이었다.

"섭수종은 네 가지 섭수의 방법으로 중생을 이끄는 쪽일세. 보시(布施)로 베풀고 애어(愛語)로 설득하며 이행(利行)으로 선행하고 동사(同事)로 중생 안에서 함께 행동하며 정법을 알린다네. 중생을 위해서 병자와 함께 먹고 자며, 정법을 위해선 스스로의 팔다리의 살점을 자르는 것도 서슴지 않고, 때로는 목숨까지도 내어 주는 것이 섭수종이라네."

섭수종은 스스로의 희생을 감수하면서까지 중생을 이해하고 설득하여 제도(濟度)하는 종파다.

범몽이 계속해서 설명했다.

"섭수종이 온건하고 포용적인 교화를 추구한다면 절복종은 파격적이며 강경한 방법으로 교화하는 쪽일세. 그릇된 논리는 정면으로 논파(論破)하고 잘못된 행동은 즉시 꾸짖어 죄를 깨닫게 하며, 정법을 고의로 날조하여 거짓된 사상을 퍼뜨리는 자는 엄벌로 다스려 일벌백계(一罰百戒)한다네."

진자강이 물었다.

"불가에서 일벌백계라니. 내가 알고 있는 불가와 다른 것 같습니다만."

범몽이 불호를 외며 대답했다.

"간혹 속세에서 불가의 자비에 대해 오해하는 부분이 있지. 이를테면 사천왕을 보게. 지국천왕은 선자에게 상을 내리며 악자에게는 벌을 내리네. 손에는 칼을 들고 있어서 일단 그 검을 휘두를 때에는 조금의 자비도 없이 철저히 악자를 벌한다네."

"자비 없는 무력이 폭력과 다른 게 뭡니까?"

"지옥에 떨어진 죄인은 무자비하고 잔혹한 형벌을 받으며 억겁의 시간 동안 고통을 겪네. 그러나 고통을 통해 육신의 죄를 씻고 불성을 깨달아 새로운 삶을 얻게 되지. 죽음과 고통은 징벌이자, 또 다른 갱생의 기회를 부여함과 같네."

범몽은 폭력을 부인하지 않았다.

"그러니까, 즉."

진자강은 범몽을 바라보며 말을 정리했다.

"반대파가 있을 때, 섭수종은 끊임없이 설득하고 절복종은 무력으로 숙청(肅淸)하려 하겠군요."

"숙청이라……. 굳이 편한 표현을 빌리자면 그렇다고 할 수 있겠군. 하나 섭수종과 절복종은 소림의 초기부터 이제까지 늘 존재하고 있었다네. 빛과 그림자처럼 소림의 이대도문은 떼어 놓을 수 없는 거라네."

"잘 들었습니다. 하나 지금의 내게 굳이 소림사의 내부 문제에 대해 말해 준 이유가 궁금합니다."

"오랫동안 소림의 주류는 섭수종이었다네."

범몽이 살짝 탄식하며 말했다.

"하나 날로 각박해지고 혼탁해지는 강호 무림 속에서 마침내 절복종이 득세하게 되었네. 말했듯, 절복종은 올바른 법도의 이행을 위해서라면 어떠한 과격한 방법도 마다하지 않네. 일반 사람들은 이해하지 못할 잔혹함조차 절복종에게는 정법으로 가는 길인 걸세."

"그것이 내 앞을 가로막고 설법을 늘어놓은 이유입니까?"

범몽이 고개를 저으며 선장으로 천천히 양쪽을 가리켰다.

진자강이 온 쪽과 진자강이 갈 쪽이다.

"시주는 그대로 갈 길을 가도 좋네. 아니면 다시 돌아가도 좋네. 그러나 어느 쪽으로 가든 한쪽은 영원히 잃게 될걸세."

진자강의 눈매가 서늘해졌다.

진자강이 온 쪽에는 영운, 표상국, 소민 세 사람이 있고, 가야 할 쪽에는 장강검문에서 나온 이들이 있다.

한쪽을 잃는다는 말이 무슨 의미인지 감이 왔다.

절복종이 이번 일에 개입했다!

하나 진자강은 잠깐 범몽을 노려보다가 서서히 입가에 차가운 미소를 지었다.

"참으로 기이합니다."

"무엇이 말인가?"

"보통 위험한 일을 미리 알려 주러 온 이들은 스님처럼 말하지 않습니다. 보통은……."

진자강은 광혈천공으로 내공을 일으켰다.

"보통은, 말을 할 때에 표정에 '자비'가 있단 말입니다."

범몽이 인자한 얼굴에 한 줄기 놀람의 빛을 띄웠다.

"아아."

"그래서 스님처럼 말하는 걸 뭐라고 하는 줄 압니까?"

진자강이 한 자 한 자 떼어 강조하며 말했다.

"협박, 이라고 합니다."

진자강의 소매에서 침이 굴러 나와 손바닥 사이에 감춰졌다. 진자강의 표정에 살기가 생겨났다.

범몽이 너털웃음을 터뜨렸다.

"이거 참. 영 익숙하지가 않아서."

진자강이 범몽을 향해 살기를 뿌렸다.

"말해 보십시오. 스님은 섭수종입니까, 절복종입니까."

범몽이 수염을 들추며 빙긋 웃었다.

"당연히 절복종이지."

그 순간 사방이 어두워졌다.

아주 찰나의 순간이었다.

범몽의 기척이 가까워지는 것이 느껴졌다.

진자강은 앞이 보이지 않았지만 본능적으로 옥허구광 오뢰합마공을 끌어 올리며 천지발패로 침을 손가락 사이에서 빼내 최고의 속도로 양손을 뻗었다.

촤아악!

열 자루 중 아홉 자루의 침이 섬절로 진자강의 전면에 쏘아져 나갔다.

그리고.

구웅!

내공으로 시력을 회복하기도 전에 진자강은 어깨에 묵직한 무게감을 느꼈다.

아니, 착각이 아니다.

눈이 잠깐 침침해진 사이에 범몽은 눈앞에서 사라져 있었다. 그러더니 어느새 진자강의 어깨 위에 올라가 앉아 있었던 것이다!

'크윽!'

무겁다. 상상하기 어려울 정도로 무겁다.

천 근이 넘는 돌을 어깨에 올려놓은 것처럼 무거워서 제대로 서 있을 수가 없었다. 진자강은 꼽추가 된 것처럼 허리가 앞으로 숙여졌다.

쿵!

진자강은 한쪽 무릎을 꿇었다.

'허억! 헉!'

허리가 굽혀져서 바닥에 얼굴이 닿을 지경이 되었다.

범몽은 진자강의 어깨, 아니 등에 가부좌까지 틀고 앉아, 가사에 박힌 독침을 떨어냈다.

툭, 투툭.

진자강은 이를 악물고 억지로 손가락을 폈으나, 양손 손가락 사이로 튀어나와야 할 침이 나오지 않았다. 소매에서 독침이 굴러 나오지 않는다!

'으으윽!'

이런 어이없는 일이!

내공을 극대로 끌어 올리지는 않았으나, 충분히 경계를 하고 있었다. 그런데 도대체 어떻게 섬절을 받으면서까지 등에 올라탈 수 있었단 말인가!

"이해가 안 되어. 이해가 안 되어. 대화? 설득? 어찌하여 섭수종은 그토록 어려운 길을 가려는가?"

진자강은 보지 못했으나 범몽의 흰 눈썹 아래에서는 날카로운 정광이 뿜어져 나오고 있었다. 그것은 살기와 비슷하나 살기가 아니었다. 자비가 없는 살의. 진자강이 도박장에서 느낀 바로 그 느낌이다.

범몽은 다시 한번 길의 양쪽을 가리켰다.

"다시 한번 기회를 주지. 시주에게 다른 선택지는 없다네. 할 수 있는 건 앞으로 가거나, 돌아가거나 그뿐이야."

범몽은 나귀를 탄 것처럼 선장으로 진자강의 엉덩이를 두드렸다.

짜악!

온몸이 찌르르 울렸다. 다리가 절로 펴졌다. 자의가 아닌 타의로 진자강은 엉거주춤 일어섰다.

범몽이 선장으로 친 순간에만 진자강은 다리를 움직일 수 있었던 것이다.

진자강에게 선택을 강요하는 범몽의 의도는 명확했다.

하나 선택에 있어 거침이 없는 진자강이라 할지라도 지금만큼은 결정하기가 어려웠다.

장강검문이 그렇게까지 극도로 주의한 이유를 알 것 같았다.

소림사. 이 소림사의 승려 때문이다.

그러니 그쪽으로 갈 수 없다.

도박장 쪽도 마찬가지다. 영운과 표상국, 소민 세 사람은 아직 안전한 곳까지 벗어나지 못했을 터였다. 진자강도 아차 하는 순간에 당한 이런 괴물을 세 사람이 어찌 감당한단 말인가.

"으응? 시간을 끌려고? 좋아. 아주 좋아. 아주 좋은 방법일세. 세 시주를 달아나게 한 건 아주 좋은 선택이었네. 노납의 생각에 그대가 나를 반 시진 정도 잡아 둘 수 있다면 세 시주는 살 가능성이 매우 높아질 것 같네."

"왜……."

진자강이 있는 힘을 다 짜내어 물었다.

"왜…… 그들을 노리는 겁니까?"

돌연 범몽의 몸이 더 무거워졌다. 진자강은 허리가 끊어질 듯 아파 왔다. 범몽이 천근추의 수법으로 무게를 늘린 것이다.

범몽이 마뜩잖은 것처럼 진자강을 책망했다.

"선택지는, 둘뿐일세. 묻는 것도 허(許)하지 않겠으며 다른 행동도 일절 허하지 않겠네. 어디 반 시진을 버틸 수 있을지 두고 보지."

범몽의 몸은 점점 더 무거워졌다. 진자강은 내공을 끌어올렸지만 버티는 게 고작이었다. 자세가 불안정해 내공이 제대로 돌지도 않았다. 다리가 후들거렸다. 머리로 피가 몰려 얼굴이 터질 것 같았다. 땀이 뚝뚝 떨어졌다.

하지만 진자강은 끝끝내 말을 내뱉었다.

"아무것도 묻지 말라…… ? 개소리하지 마십시오."

"으응? 노납의 말이 개 짖는 소리로 들렸는가?"

"내 앞에서…… 섭수종이니, 절복종이니 온갖 잡소리로 시간을 끌어 놓고…… 묻지 말라?"

바로바로 대답하던 범몽의 목소리가 아주 잠깐 끊겼다.

범몽이 노리는 바가 있음을 진자강이 깨달은 탓이다.

"흐음. 매우 명석한 시주로세. 하나 너무 눈치가 빠른 것도 때로는 독이 되지."

"훈계하지 마십시오. 결국 나를 이용하려 할 뿐이면서, 온화한 얼굴로 살업(殺業)을 지껄이는 주제에……!"

범몽의 기운이 강렬해졌다. 진자강을 누르는 무게도 그에 비례해 강해졌다.

"크윽!"

범몽이 노기 띤 목소리로 말했다.

"오로지 정법이니라! 옳고 바른 것은 오로지 정법에 있느니라! 우물 밖조차 보지 못하는 좁은 협견(狹見)으로 감히 노납의 인내를 시험하지 말라!"

진자강은 거의 구겨지듯 허리가 굽은 채로 얼굴에서 비오듯 땀을 흘리고 있었으나, 범몽을 비웃었다.

"진짜 시야가 좁은 것이 누구인지, 곧 알게 될 겁니다."

"무어라?"

"내가 조금 전에 침 열 자루를 던졌는데 말입니다?"

범몽은 어이가 없다는 듯 웃었다.

"껄껄껄. 노납의 가사에 박힌 것은 아홉 자루뿐이었다네. 그나마도 철포삼을 뚫지 못했지. 열 자루? 어디 세 치 혀로 노납을 조롱하려 드는……."

그런데 갑자기 범몽이 경악하며 진자강의 등을 박차고 뛰어올랐다.

진자강은 밀쳐지며 바닥을 굴렀다. 동시에 조금 전까지 진자강이 있던 자리에 하늘에서부터 한 자루의 침이 떨어져 박혔다.

파악!

진자강이 말한 나머지 침 한 자루가 어디에 있었는지 밝혀진 것이다.

진자강은 아홉 자루를 전면에 던지면서 한 자루는 최대 호선의 비선십이지로 위로 던져두었다. 만일 계속 범몽이 진자강의 등에 앉아 있었다면 머리통이 꿰뚫렸을 수도 있었다.

"허어!"

범몽은 자기도 모르게 감탄하고 말았다.

"그사이에 한 수를 숨겨 두었던가? 노납의 행동을 어찌 예측하고 수를 부렸는고?"

진자강은 똑바로 일어서려 했으나 범몽이 등을 박차며 심어 둔 힘 때문에 몇 번이나 비틀거리고 넘어졌다. 그 힘을 해소하고 나서야 겨우 중심을 잡고 일어설 수 있었다.

"뻔하지 않습니까? 시야를 가렸으니. 물론 등에 올라탈 줄은 몰랐습니다만."

진자강은 호흡을 골랐다. 아직까지 허리와 무릎이 뻐근 했으나 겨우 자유로운 몸이 되었다. 사지 백해에서 옥허구 광 오뢰합마공의 내공이 원활히 흐르면서 피로가 가시기 시작했다.

"그리고 수를 숨겼다는 건, 몸을 피하면서 암경을 심어 놓고 간 자가 할 말은 아닌 것 같습니다?"

"노납이 잘못 판단했네. 남들이 독룡을 얕보지 말라 하였는데 이유를 알겠어. 약관의 나이에 이런 깊은 심계를 가졌을 줄이야."

진자강이 바로 내공을 담아 천지발패의 묘기로 손에서 열 자루의 침을 뽑아냈다.

"자, 이제 제대로 된 대화를 할 분위기가 된 것 같군요."

범몽은 별말 없이 선장을 바닥에 찍어 세워 놓더니 장삼을 걷으며 오른손을 힘껏 위로 치켜들었다. 그러더니 뒤로 팔을 서서히 젖혔다.

찌릿찌릿.

공기의 흐름이 달라졌다.

진자강은 솜털이 곤두섰다.

범몽의 입술이 굳게 닫히고 안광이 빛났다.

범몽이 뒤로 젖힌 오른손 주먹이 소용돌이가 된 것처럼 공기를 빨아들이고 있었다.

범몽의 늙수그레한 입술이 들렸다.

미소를 짓고 있었다.

"불허(不許)니라."

한껏 힘을 모은 범몽이 오른발을 앞으로 내밀며 땅을 찼다.

동시에 돌이라도 던지듯이 젖혔던 팔을 힘껏 앞으로 휘둘렀다.

"이여어업!"

꽝!

벼락 치는 소리와 함께 어마어마한 권풍의 소용돌이가 진자강을 향해 날아들었다.

진자강은 바로 땅을 차고 몸을 피했다. 그런데 권풍이 휘어지며 진자강을 따라온다. 심지어 진자강이 피하는 속도보다 따라오는 속도가 더 빠르다.

'백보신권!'

백보신권을 피하는 방법은 오로지 백 보 밖으로 벗어나는 길밖에 없다고 전해지는 소림사의 전설적인 권공이다.

진자강은 한 번, 두 번 돋움을 해서 몸을 굴렸으나 그사이에 이미 권풍이 지척까지 도달해 있었다.

이미 피하기가 어려워 보였다. 진자강은 맞설 수밖에 없다는 걸 깨닫고 내공을 왼손으로 끌어모았다.

그런데 그 순간.

"손에 사정을 두시지요!"

청명한 목소리와 함께 공중에 새처럼 날아오르며 진자강의 앞을 막는 인영이 있었다.

삼십 대 정도로 보이는 젊은 무인이었다.

무인이 공중제비를 돌며 섬광을 뿌렸다.

짜라락!

검기 수 가닥이 백보신권의 권풍에 내리꽂혔다. 검기가 권풍을 뚫고 바닥의 흙에 퍽퍽 박혔다. 하나 그러고도 백보신권의 권풍은 쉬이 사그라지지 않았다.

무인은 그것마저 예상했다는 듯 바닥에 착지할 때까지 쉴 새 없이 검광을 뿌려 냈다. 짧은 시간 수십 번을 얻어맞은 백보신권의 권풍이 다소 누그러들었다.

무인은 마지막으로 일 검을 반원으로 베어 권풍을 양단했다.

권풍이 쩍 갈라지며 조각조각 쪼개졌다. 쪼개진 권풍이 암기처럼 쏟아졌다.

"하압!"

무인이 검을 거꾸로 돌려 쥐며 회수하고 왼손으로 장을 때렸다.

펑! 퍼퍼퍼펑!

백보신권의 권풍이 뿌연 연기가 되어 무인의 앞에서 흩어졌다.

"후."

짧게 숨을 내쉰 무인이 진자강을 어깨 너머로 돌아보았다. 눈썹이 쭉 뻗고 잘생긴 호남형의 얼굴이었다.

"남궁원이다."

남궁가의 사람이라면 장강검문 소속이다. 장강검문에서 진자강을 마중 나온 모양이었다.

남궁원은 진자강에게 손가락을 입에 대 보였다. 입을 다물고 있으라는 뜻이다.

범몽이 자신의 공격을 방해한 남궁원을 보더니 슬쩍 웃었다.

"남궁가의 검법이로군. 하면 진룡검객(眞龍劍客)이던가?"

진룡검객은 남궁원의 별호다. 십 년 전인 이십 대 때에 세가의 후기지수로서 오룡삼봉 중 진룡이란 명호를 얻어, 이후에도 진룡검객으로 활동했다.

남궁원은 검의 손잡이를 손으로 감싸 포검했다.

"소림사의 범몽 대사시군요. 법명은 오래전부터 들어 왔습니다. 후배 남궁원이 인사드립니다."

"허허, 졸납(拙衲)의 법명이 무어 그리 대단하다고 인사까지야. 그나저나…… 드디어 꼬리를 잡았구먼?"

남궁원이 사람 좋게 웃으며 대꾸했다.

"꼬리라니요. 무슨 말씀인지 모르겠군요. 저는 그저 무림의 대선배께서 어린 후배를 핍박하고 계시기에 잠시 주제넘게 참견해 본 것뿐입니다."

"으음, 노납은 말재주가 없어서 말을 길게 하는 걸 좋아하지 않는다네. 자, 미끼를 치니 용의 꼬리가 나왔지. 그럼 꼬리를 치면 몸통이 나올까, 아니면 머리가 나올까?"

"하하. 저를 어떻게 하셔도 아무것도 나오지 않습니다. 오늘은 이만 저와 여기 어린 후배를 고이 보내 주심이 어떠하신지요."

"다시 주지함세. 노납은, 긴말을 싫어한다네."

범몽은 다시 소매를 걷은 후 우권을 꽉 틀어쥐고 팔을 뒤로 젖혔다.

다시 주위의 공기 흐름이 돌변했다.

우우웅!

범몽의 주먹이 떨리며 울었다. 내공이 집중되고 있는 게 눈에 보일 지경이었다.

남궁원이 나직하게, 하지만 다급하게 말했다.

"달아나! 우리 쪽에서 다시 연락하마."

이어 범몽이 진각을 밟으며 돌을 던지듯 오른팔을 힘껏 휘둘렀다.

"이여업!"

쫭!

벼락 소리와 함께 권풍이 불어닥쳤다.

남궁원은 검을 비스듬히 세웠다가 연속해서 사선으로 그

었다. 권풍이 썰려 나갔지만 당연하다는 듯 기세가 죽지 않았다. 아까는 진자강에게 향한 권풍이었지만 이번엔 남궁원을 직접 노리고 있다. 압박감 자체가 다르다.

남궁원은 남궁비연검(南宮飛燕劍)을 펼쳤다. 날렵하게 몸을 날리며 허공에서 검기를 날렸다.

여러 개의 신월(新月) 모양 검기가 그려졌다. 신월 검기가 권풍의 기세를 약화시켰다.

권풍이 주춤했다.

한데 한 번의 벼락 소리가 더 들려왔다.

꽝!

놀란 남궁원이 고개를 들었다.

범몽의 왼발과 왼 주먹이 앞으로 뻗어 있었다.

연속 두 번의 백보신권!

주춤했던 권풍이 두 배로 거대해지며 남궁원에게 쏟아졌다.

거대해진 권풍이 신월 검기를 으스러뜨리며 크게 휘어 공중에 있는 남궁원을 쫓아갔다. 남궁원은 현란하다고 느낄 정도로 몸을 회전시키며 계속해서 검기로 백보신권의 권풍을 쳐 냈지만 큰 효과가 없었다.

결국 남궁원은 이를 꽉 물고 검을 쥔 오른손으로는 주먹을, 왼손으로는 장으로 쳐서 백보신권을 맞상대했다.

우두득!

칼을 쥔 채 날린 주먹은 손목이 비틀리고 장력을 쏜 왼손은 손바닥이 거꾸로 꺾였다. 손목에서부터 어깨까지 옷이 전부 갈가리 찢겨 나갔다.

이를 악문 남궁원의 얼굴이 극도로 일그러졌다. 양손이 동시에 비틀려서 말려 있었다.

신음 소리도 내지 않고 검도 놓치지 않았다. 그러나 양팔이 백보신권의 권풍에 강제로 뒤틀려서 힘을 줄 수가 없는 상태가 되고 말았다.

백보신권 단 두 방에!

그렇다고 해도 거기에서 끝이 아니었다. 이미 범몽은 오른손 소매를 걷으며 팔을 뒤로 당기고 있었다.

"노납에게 백보연권(百步連拳)을 쓰게 했으니 칭찬해 줌세."

범몽은 바로 백보신권을 한 번 더 날릴 수 있었다. 그러나 시간을 끌었다. 남궁원을 미끼로 다른 누군가를 끌어내길 원하고 있었다.

"그렇지만 이제 한계겠지. 누구든 나타나지 않으면 현생에서 진룡검객의 여정은 여기까지가 될 걸세."

우우우웅!

뒤로 젖힌 범몽의 주먹이 울었다.

남궁원은 뒤틀린 양팔을 가슴 앞에 모으고 고개를 저었다.

"소용없습니다."

"성불하시게."

짧게 말을 내뱉은 범몽이 우권을 뻗으려다가 멈칫했다.

진자강이 양팔을 늘어뜨린 채로 범몽을 향해 다가오고 있었던 것이다.

남궁원이 소리쳤다.

"무슨 짓을! 뭐, 뭐 하는 거야!"

진자강이 계속해서 범몽을 향해 걸어가며 대답했다.

"보면 모릅니까. 죽이려는 겁니다."

남궁원이 어이가 없어 외쳤다.

"객기도 정도껏 부려라! 범몽 대사는 전대의 십이 금강 중 한 분이시다!"

십이 금강은 소림사의 막강한 무력 중에서도 대외 활동이 많아 세간에 익히 알려진 고수들이다.

금강승은 보통 사십 대의 나한 중에서 선출되었는데, 이는 소림사의 무공이 가진 특성 때문이었다.

소림사는 외가공부에 특히 강점이 있어서 타 문파와 달리 마흔 중반이면 외공이 최고조에 달하고, 이후부터 조금씩 외공이 약화되며 내공이 깊어진다.

하여 사십 대에서부터 십 년간 활동하는 십이 금강은 매우 높은 수준의 외공을 지니고 있었으며, 이를 바탕으로 대외 활동에 나서서 소림사의 얼굴 역할을 하였다.

이미 나이가 일흔에 달한 범몽은 현역 때보다는 외공이 떨어지지만, 내공은 오히려 월등히 깊다. 백보신권의 위력이 높은 것도 그 때문이다.

남궁원이 고통에 일그러진 얼굴로 말했다.

"소림사를 잘못 건드리면 본사는 몰라도 관부의 일천 무공 교두와 일백 표국, 삼십만 속가제자를 모두 적으로 돌리게 된다."

강호 전체가 주시하게 되는 것과 마찬가지다.

그러나 진자강은 그런 말에 휘둘리지 않는다.

"딱히 지금보다 나빠질 것도 없군요."

"이봐!"

진자강은 범몽에게서 시선을 떼지 않으며 계속 걸어갔다.

절룩, 절룩.

범몽도 상황이 우스운지 살짝 코웃음을 쳤다.

"허어, 하룻강아지가 범 무서운 줄 모르는구나."

범몽은 바로 진각을 밟으면서 우권을 뻗었다. 예의 벼락 소리가 울리면서 권풍이 날았다.

진자강은 최대한 탁기를 끌어모아 왼손 손바닥의 둑에 밀어 넣고 손바닥을 펼쳤다. 그러곤 오른손으로 왼쪽 팔목을 잡고 선기로 탁기를 받쳐 백보신권의 권풍을 맞받았다.

진자강의 왼쪽에 자리한 무거운 탁기가 권풍에 담긴 웅후한 내공과 충돌하며 느릿하게 출렁였다.

진자강의 예상보다 백보신권의 위력이 상당했다.

터엉!

진자강은 힘을 다 받지 못하고 양팔이 위로 튕겨지며 일장이나 밀려 나갔다. 관절들이 금방이라도 비틀려서 떨어져 나갈 것처럼 얼얼했다.

묵직한 탁기 특유의 성질을 최대로 이용해 타격을 완화시켰는데도 충격이 심했다. 실로 가공할 내공을 가지고 있는 범몽이다.

진자강은 어깨를 흔들어 통증을 털어 냈다. 한 번은 받아 냈지만 두 번은 받을 수 없다고 판단했다.

물론 정면에서 받아 낸 것만도 다른 이들이 보면 경악스러운 일이다.

"으흠?"

범몽의 눈빛이 살짝 변했다.

범몽은 삿갓을 들고 계인이 찍힌 머리를 손가락으로 긁적였다.

"노납이 늙어 이제 힘이 떨어졌는가. 아니면 백보신권을 파훼하는 수법이 새로 생겼는가. 어째서 양손이 멀쩡히 붙어 있는고?"

백보신권의 권력은 소림사의 상승 내공심법에 힘의 근간을 두고 있다. 내공의 바위를 부수고 아름드리나무를 반으로 꺾는다. 방금 전만 해도 남궁원이 당했다.

한데 약관밖에 되지 않은 진자강이 자신의 백보신권을 정면에서 받아 내고 있다는 건 이상한 일이다.

"질척한 늪을 치는 느낌이었나? 묘하도다."

범몽의 입이 비틀렸다.

"겨우 그 수법 하나를 믿고 노납을, 소림을 멸시하였다는 겐가?"

진자강이 조소했다.

"문도불이(門徒不二). 문파와 문도는 하나이지, 둘이 아닙니다. 당신은 소림사의 일원이고 내게 당신은 소림사를 대표하는 것과 같습니다. 무슨 말인지 알겠습니까?"

"무슨 말을 하려는고?"

"소림사에 당신 같은 살귀만 있다면 멸시해도 무방하잖습니까?"

범몽의 하얀 눈썹이 치켜 올라갔다.

범몽이 노호성을 질렀다.

"보자 보자 하니 도를 넘어서는구나!"

범몽이 소리를 지르는 순간, 범몽의 뒤에서 두 명이 기습을 가했다. 진자강이 신경을 교란시키는 동안 다가온 무당파와 형산파의 무인이다.

나이가 남궁원과 비슷해 보이는 둘이 연속으로 권장을 날렸다.

범몽이 포효했다.

"크어헝!"

범몽의 옷이 부풀어 오르며 무당파 무인의 장력과 형산파 무인의 권경을 튕겨 냈다.

떵! 떠덩!

무당파 무인이 범몽의 가슴을 장으로 때리고 형산파 무인은 범몽의 등을 주먹으로 두드렸다.

둘이 연신 공격을 퍼부었지만 범몽의 가사를 뚫지 못했다. 가사는 돌처럼 굳어서 끄떡도 않았다.

무당파 무인이 얼굴을 일그러뜨리고 소리쳤다.

"철포삼이다!"

범몽이 분노하며 무당파 무인에게 주먹을 휘둘렀다. 무당파 무인이 화경으로 주먹을 받아 흘리려 했다. 전혀 기교가 없는 간결한 맹호권인데 여지없이 화경을 뚫고 들어갔다.

무당파 무인이 황급히 어깨를 들어 막았다.

뻐억!

어깨를 맞는 순간 무당파 무인은 완전히 중심을 잃고 튕겨지듯 뒤로 밀렸다. 뒷걸음질을 치다가 엉덩방아를 찧고 다시 일어나 겨우 자세를 잡았다.

범몽이 몸을 돌리지 않고 옆으로 틀어 형산파 무인을 등으로 들이받았다. 형산파 무인이 범몽의 옆구리를 발로 차면서 반발력으로 벗어나려 하자, 손을 뻗어서 발목을 대뜸 쥐었다.

형산파 무인이 몸을 틀어서 잡히지 않은 발로 범몽의 머리를 가격했다.

뻑! 뻐억!

삿갓이 산산이 부서져 흩어졌다.

그러나 범몽은 끄떡도 않았다. 발목을 쥐고 힘껏 휘둘러 형산파 무인을 바닥에 내팽개쳤다.

콰앙!

"크억……."

낙법도 치지 못하고 등뼈에 충격을 받아 입에서 피가 튀어나왔다.

범몽이 발을 들었다. 소림사의 진각은 파괴력이 높기로 유명하다. 밟힌다면 끝장이다.

범몽이 형산파 무인의 가슴을 밟으려 하는데 발에 실이 감겨들었다.

탈혼사다.

"흥."

범몽은 인상을 쓰며 발에도 철포삼을 둘렀다. 종아리를 감은 노란색 각반이 부풀며 단단해졌다.

동시에 형산파 무인을 밟았다.

범몽의 발에 감긴 실이 각반에 마찰하며 엄청난 불꽃을 발생시켰다.

카카카카카칵!

그 약간의 시간을 번 덕에 형산파 무인이 몸을 틀어 범몽의 발을 피했다.

꾸웅!

"으음?"

범몽이 자신의 발을 바라보다가 퍼뜩 눈을 치켜뜨더니 왼팔을 뒤로 뺐다.

카카칵!

왼팔에 감기고 있던 탈혼사가 철포삼이 깃든 소매에 걸리며 불꽃이 튀었다.

탈혼사가 크게 휘어 범몽의 오른팔로 이동했다. 범몽은 가사를 당겨서 오른쪽 어깨를 감쌌다. 어깨에 감겨들던 탈혼사가 가사와 어깨 사이에 걸렸다.

카카카칵!

격렬한 불꽃이 튀며 탈혼사가 크게 출렁였다.

싹!

그 와중에 범몽의 오른쪽 귀가 날아갔다. 귓바퀴까지 깔끔하게 잘려 나갔다.

그러나 범몽은 그 정도 부상은 아무것도 아니라는 듯, 아랑곳하지 않고 탈혼사를 가사로 단단히 휘어 감았다. 그러면서 백보신권을 사용하기 위해 왼팔을 뒤로 젖혔다.

진자강은 탈혼사의 고리를 당기면서 범몽을 향해 달려들었다.

범몽의 입술이 길게 웃었다.

우우웅!

왼손 주먹에서 백보신권의 내공이 울었다.

철포삼을 믿고 내공을 모으는 것이다!

칙!

진자강의 우장에서 불꽃이 튀었다.

작열쌍린장.

범몽의 옆구리에서 작열쌍린장이 터졌다. 진자강은 왼손으로 탈혼사를 끌어당긴 채 우장을 거푸 쳤다.

펑! 퍼엉!

불꽃이 피어오르며 장삼의 일부가 탔다. 장삼 군데군데에 구멍들이 뚫리며 불티가 생기고 재가 날렸다.

하지만 범몽은 거의 타격을 받지 않았다. 백보신권을 펼치기 전에 장삼을 뚫고 타격을 주기 어려울 것처럼 보였다.

백보신권의 위력은 백 보 안까지 미친다. 바로 앞에서 백보신권을 맞으면 그 위력이야 말할 것이 없다.

진자강이 물러나려는 눈치를 보이자, 범몽은 진자강이 몸을 빼지 못하도록 탈혼사를 감은 오른손을 힘주어 당겼다.

그 순간 진자강은 오히려 더 가까이 달라붙으면서 범몽의 머리를 손바닥으로 쳤다.

치이이이—!

타는 소리가 나며 김이 피어올랐다. 범몽의 얼굴이 벌게졌다. 머리에서 핏줄이 돋고 턱에서 힘줄이 튀어나왔다.

범몽이 입술을 벌리며 악문 이를 드러냈다. 머리로 내공을 끌어 올리며 방어하고 있다.

살점이 타서 고통스러울지언정 작열쌍린장의 내공이 머리 안쪽으로까지 파고들지는 못해 치명적인 피해를 주기는 어렵다.

백보신권과 철포삼에 이어 머리로 호신 내공까지.

혀를 내두르게 만드는 내공이었다.

백보신권의 내공이 극대로 모인 범몽의 왼 주먹이 미친 듯 떨려 댔다. 다행히 진자강이 너무 바싹 붙어서 범몽은 팔을 휘두를 공간이 없었다.

　범몽의 몸이 살짝 기우는가 싶더니 범몽이 오른쪽 어깨로 진자강의 턱을 들이받았다. 최대로 근접한 상태에서 고작 한 치를 움직였을 뿐인데, 진자강은 몸이 움찔거릴 정도의 기세를 느꼈다.

　진자강이 바로 고개를 틀었다.

　빠악!

　턱이 아니라 광대뼈를 맞았다. 마치 쇳덩이로 맞은 듯 머리가 울렸다. 철포삼은 그 자체로 무기나 마찬가지였다.

　범몽이 발을 살짝 들어 진자강의 발등을 밟았다. 진자강은 머리에 손을 대고 있어 의도치 않게 첨련점수로 범몽의 의도를 느꼈다.

　진자강이 바로 발을 뺐다. 범몽이 연속으로 발을 밟으며 팔꿈치로 진자강의 명치를 찔렀다. 진자강은 머리에서 손을 떼고 막을 수밖에 없었다.

　투웅!

　팔꿈치가 진자강의 팔뚝을 밀어냈다. 진자강의 몸이 허공에 떠서 밀려났다. 한 걸음 이상 밀려나면 백보신권에 맞게 된다.

진자강은 탈혼사를 잡아당겨 다시 범몽에게 달라붙으며 무릎으로 허리를 올려 쳤다.

텅!

철포삼에 걸려 오히려 진자강의 무릎이 더 아팠다. 주의를 돌릴 수 있을 정도의 충격도 주지 못했다. 진자강은 천지발패로 오른손에서 독침을 뽑아낸 후 손바닥 자국이 벌겋게 나 있는 범몽의 머리를 찍었다.

그러나 침마저 끝이 구부러지거나 튕겨 나갔다.

남궁원이 소리쳤다.

"철두공(鐵頭功)을 조심해라!"

범몽은 가사를 휘저어 스스로 탈혼사를 당겨 좁히며 진자강의 이마를 들이받았다.

쩍.

진자강의 이마가 찢어지며 피가 흘렀다. 진자강이 비틀거리자 범몽이 휘감은 가사를 반대로 돌려 탈혼사를 풀고, 진자강을 발로 밀었다. 그리고 왼 주먹을 날리려 하였다.

무당파 무인과 형산파 무인이 달려들어서 범몽의 주먹에 매달렸다.

"으으으으!"

두 청년이 얼굴이 벌게지도록 힘을 주어 붙들어서 범몽의 팔을 겨우 멈추었다.

"구질구질하도다!"

범몽은 그 와중에도 웃으며 말을 할 정도의 여유가 있었다.

진자강은 몇 걸음이나 밀려났다가 눈으로 흘러드는 피를 닦으며 탈혼사를 회수했다.

그런데 피하지 않고 자리에서 범몽을 노려본다. 범몽을 향해 손가락을 들어 가리켰다.

남궁원은 물론이고 무당파와 형산파의 무인도 당황했다.

형산파의 무인이 얼굴이 시뻘게진 채로 소리쳤다.

"정신이 나갔나!"

달아나라고 시간을 벌어 주었더니 안 달아나고 버티고 있는 것이다.

"성불하시게!"

범몽이 팔에 더 힘을 주었다. 무당파와 형산파의 무인은 범몽의 팔에 질질 끌려갔다.

"크으윽!"

주먹이 점점 앞으로 나아가고 있었다.

진자강은 그런데도 피하지 않고 범몽을 노려볼 뿐이다. 진자강이 내공을 집중하는지 머리칼이 거꾸로 떠오르기 시작한다.

남궁원이 외쳤다.

"피하라고! 도대체 뭘 하려는 거냐!"

범몽의 팔이 거의 다 뻗어졌다. 긴장감이 극도로 높아지며 진자강의 몸이 앞으로 조금씩 숙여졌다. 오히려 앞으로 뛰어들려는 듯한 공격적인 자세였다.

남궁원이나 두 무인은 아무리 봐도 진자강에게 승산이 있을 것 같지 않았다. 진자강이 전대 십이 금강 중 한 명인 범몽과 잠깐이나마 대등하게 싸운 것은 실로 놀랄 만한 일이지만, 내공의 깊이와 무공 자체의 격차가 눈에 띄게 드러났다. 무엇보다 철포삼과 철두공을 뚫지 못하면 범몽에게 타격을 줄 수 없는 것이다.

하지만 진자강을 주시하고 있던 범몽의 눈이 조금씩 가늘어졌다. 그러다가 진자강의 입술이 살짝 오므려지는 순간, 범몽은 진각을 밟으며 왼팔에 붙은 두 사람을 힘껏 떨쳐 버렸다.

쿠당탕!

"우와앗!"

"크윽!"

무당파와 형산파의 무인이 떠밀려서 나동그라졌다. 범몽이 진자강의 눈을 정면으로 직시했다. 눈이 번쩍 빛났다. 안력을 극대로 높여 일순간 눈이 마주친 상대의 눈을 멀게 만드는 암안(暗眼)이다.

진자강은 이미 한 번 그 암안의 수법에 당한 적이 있었다. 순간적으로 한쪽 눈을 감았다. 뜨고 있던 눈에 범몽의 눈에서 뿜어진 기운이 날아와 박히며 순식간에 시야가 깜깜해졌다.

하지만 진자강은 감았던 눈을 떠 한쪽의 시야를 확보했다.

범몽은 그 모습을 보더니 미간을 찌푸렸다.

"대단하군. 본능적으로 생존하는 법을 알고 있어."

더 이상 싸울 생각이 없어졌는지, 범몽은 팔에 붙은 둘을 떨구고 크게 뛰어올라 몇 장이나 뒤쪽의 언덕으로 물러났다.

범몽은 백보신권의 내공이 집중되어 있던 왼팔을 크게 휘저어 내공을 흩어 버린 후, 가사를 정돈하며 반장했다.

잘린 귀에서는 피가 철철 흐르고 민머리의 계인에는 뚜렷하게 붉은 화상 자국이 남았다. 하나 범몽은 대수롭지 않은 듯한 목소리로 말했다.

"나무아미타불 관세음보살. 오늘은 물러가네만, 독룡 시주. 우리는 조만간 다시 만나게 될 걸세."

진자강은 입에서 작은 대롱을 빼내며 말했다.

"그렇게는 안 되겠습니다. 굳이 다음을 기약하고 싶지 않군요."

"노납에게 살려 달라 빌기라도 하라는 말인고?"

범몽이 껄껄 웃었다.

"알았다네. 도박장의 세 사람은 살려 주지. 그러면 나를 놓아주겠나?"

진자강은 대답 없이 범몽을 쳐다보았다. 하나 탈혼사를 팔목에 끼워 넣고 소매로 가림으로써 의사를 표시했다.

범몽은 조용히 웃으며 남궁원과 무당파, 형산파의 무인을 보았다.

"전하시게! 반드시 찾아내겠노라고."

그 말을 남긴 범몽이 신법으로 나무에 뛰어올라 바람처럼 사라졌다.

무당파와 형산파의 무인이 주저앉은 채로 얼떨떨한 표정을 지었다.

"범몽 대사가 먼저 물러났어?"

남궁원이 비틀린 팔을 가슴에 품고 진자강에게 다가왔다. 남궁원은 성이 난 소리로 말했다.

"어째서 달아나지 않은 거야! 너 하나를 지키려고 우리 셋이 이 자리에서 뼈를 묻을 뻔했다. 범몽 대사가 먼저 물러섰기에 망정이지!"

"내가 귀를 자른 이유를 알아챈 모양이군요."

"뭐?"

무당파의 무인이 일어나 물었다.

"어쩌다 그런 게 아니라 일부러 귀를 잘랐다는 거냐?"

"범몽 대사가 실수로 귀를 내줬을 것 같습니까?"

"그야……."

옆에서 보기엔 아무 데나 걸려라! 하고 탈혼사를 뻗다가 얻어걸린 것처럼 보일 수도 있었다. 하나 그 한 수를 위해 진자강은 스무 번도 넘게 탈혼사의 궤적을 바꾸며 범몽을 혼란시켰다.

그리고 결국 귀를 잘라 냈다. 탈혼사에는 독이 발라져 있었다. 범몽도 그 점을 알고 있었을 터, 잘린 귀 쪽에서 이어지는 부위의 기혈을 차단해 독의 침입을 막았을 것이다.

그러나 기혈을 차단하면 스스로의 내공도 귓가로 이동하지 못한다. 외부에서 들어오는 내공의 공격, 즉 음공에는 무방비가 된다.

음공을 막으려면 기혈을 풀어 내공을 귓가까지 끌어 올려야 하는데, 그러면 독이 퍼진다.

귀를 잘린 순간부터 외통수에 걸린 셈이다.

진자강은 그 점을 노렸다. 날카로운 서리음으로 일거에 범몽의 중심을 흐트러뜨리고 승부를 볼 생각이었다.

하지만 범몽은 노련하게도 진자강의 승부수를 알아채고 바로 회피해 버렸다. 시간을 끌면 진자강의 독이 퍼지는 걸

우려한 듯도 했다. 독이 퍼지면 지금은 귀찮은 정도에 불과한 무당파와 형산파 무인도 위협이 될 테니 말이다.

형산파의 무인이 남궁원의 비틀린 팔과 꺾인 손목을 원래대로 맞추며 검으로 부목을 댔다. 그러곤 진자강에게 말했다.

"계획이 틀어졌다. 추후에 연락을 주마. 하지만 이제 우리와 접촉한 게 들통난 이상, 다시 만나지 못할 수도 있다."

진자강은 범몽이 사라진 방향을 보며 입을 열었다.

"역시나 그렇군요."

"역시나라니?"

진자강이 형산파 무인을 보고 물었다.

"누굽니까?"

"뭐가 말이냐?"

"내가 만날 사람이."

형산파 무인이 흠칫하더니 말을 하려다 말고 남궁원을 쳐다보았다. 이 자리에서 대답할 수 있는 권한을 가진 이는 남궁원인 듯했다.

진자강은 남궁원에게 시선을 돌렸다.

"범몽 대사는 내 주위를 맴돌면서 나를 통해 장강검문과 연결된 누군가를 찾고 있었습니다. 범몽 대사가 찾는 사람이, 내가 만날 사람이 누구입니까?"

남궁원이 잠깐 고민하다가 말했다.

"범몽 대사는 자객이다."

"일반적으로 생각하는 자객과는 다르군요."

"그래도 되니까."

남궁원이 감탄의 눈빛으로 진자강을 보았다.

"그래서 우리는 꽤 놀랐다. 네가 범몽 대사와 거의 비슷하게 손을 섞는 걸 보고."

"운이 좋았습니다. 철포삼이 너무 강하더군요."

무공의 수준 자체가 달랐다. 작열쌍린장은 당가의 상급 무공에 속하는데도 철포삼을 뚫지 못했다.

"괜히 소림사의 무공이 천하제일이라고 하는 게 아니다. 특히나 소림사의 철포삼은 금란철주(金襴鐵朱)라고 해서 철포삼 중에서도 최고로 친다."

진자강이 고개를 끄덕거렸다.

"마주쳐 보니 느낄 수 있었습니다. 그래서 말씀드리는데, 어쩌면 다음이라는 말이 그쪽이 아니라 내게 없게 될 수도 있습니다."

범몽은 진자강의 무위를 제대로 파악하지 못한 상황에서 일격을 받았다. 다음에는 지금보다 더 준비가 된 상태에서 진자강을 찾아올 것이다.

잠시 고민하던 남궁원이 결정을 내렸다.

"알겠다."

남궁원의 말에 무당파와 형산파 무인이 만류했다.

"남궁 형!"

남궁원이 고개를 저었다.

"이미 소림사에서 냄새를 맡았다면 어차피 다음도 마찬가지다. 지금이 오히려 최적일 수도 있어."

남궁원은 진자강에게 당부했다.

"미리 말해 두는데, 입이 꽤 험하더군. 예의를 잃지 않도록 해라."

"노력해 보지요."

남궁원은 마뜩잖은 표정으로 몸을 돌렸다.

"따라와라."

第四章

영웅인가, 수괴인가.

　남궁원은 진자강을 데리고 강을 따라 내려갔다.

　무당파와 형산파 무인이 근처에서 경계를 섰다.

　진자강은 남궁원이 안내한 장소까지 온 후 의아한 생각이 들었다.

　"여기는……."

　방 세 칸이 붙어 있어 작지 않은 규모이나 문짝이 다 부서진 허름한 사당.

　본래 만나기로 했던 약속 장소 그대로였다.

　진자강은 이곳이 맞느냐는 뜻으로 남궁원을 쳐다보았다. 남궁원이 고개를 끄덕였다.

범몽은 진자강이 가는 방향을 알고 있었다. 만일 범몽이 그냥 여기까지 내려왔다면 찾고 있는 이를 만났을 것이다.

"하하."

진자강은 살짝 웃음이 나왔다.

몇 단계나 걸쳐서 보안을 준비해 놓고 정작 마지막에는 평범하다.

이걸 배짱이라고 해야 할지, 아니면 고도의 심리라고 해야 할지.

어쨌거나 범상한 이가 아닌 건 분명했다.

허름한 사당 안에서 작은 인기척이 느껴졌다.

끼익.

사당 문이 열리고 안에서 느긋한 목소리가 들려왔다.

"들어오지, 뭐 하냐?"

처음 듣는 목소리였다.

진자강은 천천히 사당 안으로 들어섰다.

진자강 몸의 반밖에 안 되는 작은 체구의 노인이 사당에서 위패들을 닦고 있었다.

"위패를 보니 오 년 전에 가주가 죽은 모양이야."

노인이 닦은 위패를 선반에 놓고 다음 위패를 들어 닦으며 중얼거렸다.

"그리고 차례로 가족들이 죽어 여기에 와 있어. 이전까지는 값비싼 석재로 만든 위패였는데 삼 년 전부터는 싸구려 목각 위패를 쓰기 시작했군. 아마 돌림병이라도 돈 걸 게야. 마지막에는 위패를 만들 돈도 구하지 못했던 거겠지."

노인은 안타까운 목소리로 목각 위패를 내려놓았다.

"이 사당은 본래 잘 가꾸어져 있던 부잣집의 가묘(家廟)였다. 장식은 고급이고 글씨는 유명한 문장가의 것이며 벽도 귀한 백석(白石)을 가져다 썼어. 그런데 오 년 만에 가세가 기울어 버렸군. 아마 이 집은 손이 끊겼거나, 살아 있더라도 뿔뿔이 흩어져 어딘가에서 하루하루를 연명하며 살고 있겠지."

노인이 뒷모습을 보이며 돌아선 채로 한탄하듯 말했다.

"세상이 그래. 권불십년(權不十年)이라…… 아무리 강한 권력을 가져도 일단 기울기 시작하면 언제 그랬냐는 듯 한순간에 잃고 말아."

진자강이 가만히 듣고 있다가 물었다.

"말씀의 의미를 모르겠습니다."

"쌓기는 어려워도 지키기는 더 어려우며, 무너지는 걸 막는 건 더욱 어렵다는 뜻이야."

"무엇을 말입니까?"

"무림을."

노인이 천천히 돌아섰다.

일순간 사당 안에 환한 황금빛이 휩쓸고 지나갔다.

진자강은 노인의 얼굴을 보고 흠칫 놀랐다.

이것이 사람의 얼굴인가!

아이의 주먹만 한 눈알이 툭 불거져서 진자강을 쳐다보고 있었다. 눈꺼풀은 몇 겹이나 처져서 손가락으로 올리고 있어야 했다.

거기에 동공은 눈에 비해 작아서 흰자위가 전체의 구 할을 차지하고 있었다. 한데 흰자위는 맑디맑은데 황금빛을 띤 채 누르스름하니 감돌고 있다.

오싹했다.

시선을 마주치고 있는 것만으로 압도당하는 기분이다.

노인이 다가와 자신의 눈을 불쑥 들이밀었다.

또르륵, 또르륵!

눈알이 쉴 새 없이 움직이며 진자강의 전신을 훑었다. 실로 괴이하기 짝이 없었다.

노인이 갑자기 탄성을 내뱉었다.

"이야아! 네가 그 괴물이 맞구나! 괴물을 만든 괴물이."

진자강이 인상을 쓰며 말했다.

"눈이 나쁘신 모양입니다?"

그러자 노인의 눈동자가 더 빠르게 움직였다.

"왜. 괴물더러 괴물이라 하니 기분이 나빴느냐?"

진자강이 대꾸했다.

"아는 친구가 그러더군요. '이곳은 중경이다. 그래서 어지간한 자들은 함부로 행동하지 못한다.' 하지만 그건 범몽 대사나 노인장께 해당되는 말은 아닌가 봅니다."

노인이 어깨를 들썩였다. 웃는 듯했다. 그러나 커다란 눈알 때문에 얼굴이 일그러져 노인의 표정이 제대로 보이지 않을 정도였다.

"내게 괴물이라 하고 싶으면 그래도 된다. 굳이 돌려 말할 필요 없어. 하지만 노인장이라니! 그것참 오랜만에 듣는 정겨운 말이로구나."

"시간 많으십니까?"

"으응?"

"쫓아오는 자들도 있고, 내게 할 말도 있지 않습니까."

"아아, 사내는 움직이지 않을 때는 태산처럼, 한번 움직이면 노도(怒濤)처럼 행동해야 하느니라. 우리는 오늘 처음 만났으니 이 정도는 얘기를 나누는 편이 좋지 않을까?"

"거북해서 그렇습니다. 그 눈."

"오호라. 내 앞에서 직설적으로 그리 말한 자는 처음이니라."

진자강이 얼굴을 굳히고 말했다.

"할 말이 없으면 돌아가겠습니다."

노인의 눈동자는 여전히 돌아간다. 눈알이 굴러가는 소리가 들리는 것 같은 착각이 들 정도로.

"불편하지 않으냐?"

"나는 딱히 불편한 점 없습니다. 노인장의 눈 말고는."

"불편하잖아, 그 다리."

진자강의 눈에 힘이 들어갔다.

노인의 눈이 갑자기 움직임을 멈추었다. 그러더니 갑자기 입가에 웃음을 지으며 말했다.

"신법 하나 줄까?"

뜬금없는 제안이었다. 진자강은 노인의 의도를 헤아리며 되물었다.

"쓸 만합니까?"

"쓸 만하지."

순간 노인의 모습이 흐려졌다.

"내가 이래 보여도 아무거나 주면 욕먹는 사람이다."

진자강의 뒤에서 목소리가 들려왔다. 노인이 남긴 잔상이 차례대로 남으며 진자강의 뒤에까지 돌아갔다.

파파팟!

진자강이 고개를 돌렸을 때, 진자강의 뒤에 서 있는 노인의 잔상이 보였다. 그러나 이미 노인의 모습은 거기에 없었다. 노인의 잔상이 허공으로 이어져 있었다. 노인은 순간순간의 잔영을 남긴 채 허공으로 뛰어올라 갔다.

그것은 다소 희한하기까지 한 광경이었다. 진자강의 주위를 돌아서 뛰어오르는 잔상이 열 개가 넘게 아직도 남아 있었다.

푸스스.

사당의 천장에서 먼지가 떨어졌다. 노인이 천장에 거꾸로 서서 아래로 내려다보고 있는 잔상이 남아 있었다.

그러나 다음 말은 다시 원래 자리에서 들려왔다.

"어때? 역잔영 혼신법(逆殘影 混身法)이다."

천장에서부터 진자강의 앞까지 잔상들이 각각 남아 이어졌다.

"쓸 만하지?"

진자강은 앞을 보았다. 그런데 소리는 앞에서 들려왔으나 앞에 있는 건 잔상이었다.

그러더니 잔상들은 놀랍게도 순서대로가 아니라 무작위로 사라졌다.

"역(逆)…… 입니까?"

대답은 천장의 대들보에서 들려왔다.

"역이고 동시에 혼(混)이다. 무당에서 오래전에 실전된 비전이다. 신법의 이름을 모르면 의미를 알 수 없지."

무당파의 비전!

노인이 깃털처럼 가볍게 바닥으로 뛰어내렸다.

진자강은 속으로 감탄했다. 왜 그런 이름이 붙었는지 이해했다.

잔상이 노인의 움직임을 따라 생긴 게 아니라 노인이 움직이는 방향의 반대로 생겼다. 노인이 움직인 방향은 앞에서부터가 아니라 천장, 진자강의 뒤, 진자강의 앞, 그리고 다시 천장이었다.

아니, 어쩌면 진자강이 확인한 순서가 틀릴 수도 있었다. 생긴 잔상과 실제 움직인 순서가 다르기 때문이다.

"탐이 나냐, 안 나냐?"

"탐이 납니다."

노인은 이제 이상한 눈을 더 이상 보이지 않았다. 흰 눈썹과 무거운 눈꺼풀을 내린 채로 훌쩍 뒤로 물러났다.

진자강이 물었다.

"대가로 내게 원하는 게 뭡니까?"

노인이 씨익 웃었다.

"아주 좋은 자세야. 하지만 원하는 걸 네가 들어줄 수 있을지 없을지, 우선 내 얘기를 들어 봐야 할 게야."

"그 전에, 노인장이 누구인지를 말씀해 주시는 게 도리 아닙니까?"

노인이 화를 냈다.

"이런 버르장머리 없는 녀석! 노인네가 아니라 네가 먼저 소개를 하는 게 순서 아니냐!"

뻔히 알면서 트집을 잡는 듯하였으나, 진자강은 바로 대답했다.

"백화절곡, 약문의 후손인 진자강입니다."

"해월이다."

진자강의 눈썹이 움찔했다.

무림총연맹의 맹주이자 무림삼존 중 일인!

피습을 당해 위중하다던 그가 왜 무림총연맹이 아닌 중경에 와 있는가?

이제야 모든 상황이 이해가 되었다.

왜 남궁원 등이 비밀리에 움직였으며, 범몽 같은 거물이 나타나서 찾고 있었는지.

그러나 여전히 소림사가 왜 맹주 해월 진인을 찾는지는 알 수 없었다. 남궁원의 말에 의하면 범몽은 자객이라지 않았는가!

진자강이 말했다.

"소림사와 사이가 안 좋으신가 봅니다."

"자업자득이지, 뭐."

"이상하군요. 맹주의 능력이면 범몽 대사는 스스로 해결

할 수 있지 않습니까?"

"미끼를 물면 바늘이 입에 걸린다. 내가 소림승을 죽이면 어떻게 될 것 같으냐."

"난리가 나겠군요."

"그래. 그래서 그냥 피하는 거야."

그때 해월 진인이 고개를 돌렸다.

"파리가 냄새를 맡았구나. 슬슬 엉덩이를 떼어야겠어."

해월 진인은 진자강이 이미 자신과 같은 방향으로 고개를 돌리고 있는 걸 보고 미소가 더 짙어졌다.

"감각만큼은 제대로 날이 선 놈이군."

*　　　*　　　*

진자강은 해월 진인과 사당을 나와 강 위에 놓인 나룻배를 탔다. 무당파와 형산파의 무인이 교란시키기 위해 주변으로 흩어졌다.

해월 진인은 당연하다는 듯 진자강에게 노를 맡기려 했다. 진자강이 노를 잡지 않고 가만히 보기만 했다.

"왜?"

진자강이 말했다.

"노를 저을 줄 모릅니다."

"뭐?"

해월 진인의 긴 눈썹이 꿈틀거렸다.

진자강이 말을 덧붙였다.

"배를 타 본 적이 없습니다."

해월 진인의 얼굴이 일그러졌다.

"잘 모르는 모양인데, 맹주는 노 젓고 그러는 거 아니다."

"마음대로 하십시오. 강을 거꾸로 올라가야 할 것 같은데 제가 노를 잡으면 배가 뒤집힐지도 모릅니다."

해월 진인은 진자강을 노려보고 있다가 껄껄 웃었다.

"생긴 것도 허여멀건한 놈이 뻔뻔하기까지 하구나."

해월 진인이 한 손으로 무거운 노를 가볍게 들어서 물을 저었다.

물살은 거세고 유속은 빨랐다.

해월 진인은 키가 작고 팔이 짧아 노를 길게 잡고 저어야 했다. 그런데도 해월 진인이 노를 한 번 저을 때마다 나룻배가 쭉쭉 나아갔다.

해월 진인이 먼저 입을 열었다.

"네 얘기는 많이 들었다. 복수에 미쳐서 운남과 사천을 들쑤시고 다녔다지? 아직까지 살아 있는 걸 보면 용해."

진자강이 되물었다.

"어느 쪽이 질문입니까?"

"한 번도 지려고 하지 않는구나."

"그래서 아직 살아 있습니다."

"아아, 좋아. 좋아. 그 정도 패기는 있어야지. 그런데……."

해월 진인이 흰 수염 사이로 입술을 이죽거렸다.

"그러다가 진짜 죽는 수가 있다."

촤아아!

급류로 들어서서 뱃전에 물이 튀면서 배가 위아래로 크게 흔들렸다. 그 사이로 해월 진인의 살기가 삐죽삐죽 튀어나왔다.

해월 진인의 살기는 진자강이 겪어 온 여타의 살기와 달랐다. 아주 날카롭고 예리했다. 거칠면서도 무거웠다. 나룻배뿐 아니라 거칠게 흐르는 강의 표면 전체를 뒤덮었다.

콰아아아!

물살이 더 거세졌다.

진자강은 눈을 크게 치켜떴다. 송곳니를 드러냈다. 살기에 반응해 저절로 내공이 움직였다. 피가 뜨거워지고 머리카락이 거꾸로 치솟았다. 진자강의 몸이 진자강의 제어를 벗어나 투기를 뿜고 있었다.

죽음을 몇 번이나 넘어선 진자강은 이미 관살기를 넘어

섰다. 살기에 주눅이 드는 대신 투기가 달아오른다.

그러나 투기가 너무 극심해서 머리가 어지러울 정도다. 눈알이 터질 것처럼 후끈거렸다. 진자강은 이를 악물고 주먹에 힘을 주었다. 몸이 바르르 떨렸다. 공포가 아니라 생존을 위해 싸워야 한다고 몸이 외치고 있었다.

"이야…… 이놈 눈빛 봐라. 사람을 어지간히도 죽였구나."

해월 진인의 목소리가 진자강의 귓가로 파고들었다. 한 마디 한 마디마다 소름이 돋았다.

진자강은 이를 악물고 손을 치켜들었다.

그러곤 배의 밑창을 쳤다.

쾅!

급류가 휘감아 치는 강 한가운데에서 배가 크게 출렁거렸다.

휘— 청!

배 밑에 구멍이 뚫리며 물이 솟구쳤다. 나룻배가 잠기기 시작했다.

진자강이 눈을 치켜뜬 채 이를 갈면서 투기를 줄줄이 뿜어내며 말했다.

"나는, 아직 당신이 내 적이 아니라고 판단하지 않았습니다. 나를 시험하지 마십시오."

해월 진인은 온몸의 털을 곤두세운 진자강을 보며 황금 공주라 불리는 눈을 드러내고 크게 웃었다.

"으하하하! 역시 최악의 괴물답구나! 네 이노— 옴!"

쿠르르르.

순식간에 배가 가라앉고 있었다.

완전히 가라앉는 데에는 길어야 일다경도 걸리지 않을 터였다.

해월 진인이 그 안에 진자강에게 답을 주어야 한다. 그것 이 진자강이 배에 구멍을 뚫은 이유다.

"배에 타 본 적이 없다고 하면서도 배 밑창에 구멍을 뚫 었다라…… 재밌구나. 뭘 숨겨 두었느냐. 이러면 확인해 보고 싶게 되잖아?"

해월 진인이 크게 입을 벌리고 진자강을 쳐다보았다.

딸깍.

진자강이 탈혼사의 고리를 분리했다.

"탈혼사? 껄껄. 재밌는 놈을 들고 다니는군."

콸콸콸콸.

그사이 배에 반이 넘게 물이 찼다.

그러나 해월 진인은 이 상황이 즐겁다는 것처럼 느긋했 다.

"이용할 만한 것은, 충분히 이용한다? 심지어는 자기 자신의 몸마저. 대단하구나. 스스로를 막다른 곳까지 몰아넣어서 오히려 상대를 압박하는 수법."

해월 진인은 소림사의 추적까지 피해서 중경까지 와 진자강을 만나려고 했다.

진자강이 죽도록 내버려 두면 아쉬운 건 해월 진인일 뿐이다. 하여 해월 진인이 손쓰는 걸 망설이면 진자강은 주저 없이 해월 진인의 허점을 파고들 것이다.

해월 진인이 혀를 찼다.

"네놈을 만나 보니 큰 문제가 있구나. 정의는 있으나 대의가 없어. 그건 정파의 협객으로서는 매우 큰 흠결이다."

"훈계하는 겁니까?"

진자강이 이를 드러내며 말했다.

"세간에서 귀하에 대해 말하기를, 강호 무림을 엉망으로 만든 게 당신이라 하더군요. 당신의 대의는 그런 겁니까?"

"모든 개개인에게는 각각의 정의가 있다. 모든 조직에는 조직이 지향하는 정의가 있다."

해월 진인이 양손을 옆으로 내밀어 휘몰아치는 강을 가리켰다.

"가릉강, 오강, 그리고 수백의 지류가 합쳐 장강을 이루듯이…… 각각의 정의가 합하고 또 갈라져 결국은 거대한 대의를 이룬다. 대의는 모든 이가 공통적으로 추구하는 명분이며 올바른 협의 기준이 되느니. 생각해 보라! 올바른 대의가 만들어지기 위해 얼마나 많은 정의가 부딪치고 또 부딪쳐야 하겠는가. 때문에 각각의 정의는 어느 것도 틀리다고 할 수 없으며 수많은 정의가 난립하는 것이 올바른 강호라 할 수 있는 것이다."

기묘한 이야기였다.

해월 진인은 자신의 말대로라면 본인이 강호의 대의를 지켜야 할 무림맹주였다. 그런데 정작 본인은 대의라는 강호의 틀을 스스로 파괴하고 붕괴시켜서 단 하나의 새로운 틀을 만들었다.

그런데 어째서 자신이 파괴한 틀에 대한 이야기를 하는가?

"이해득실. 당신이 내세운 새 기치라고 들었습니다. 맞습니까?"

"맞다."

진자강은 탈혼사를 쥔 손에 힘이 들어갔다.

"당신의 말대로라면 이 시대에 정의가 남아 있지 않은 거군요. 안 그렇습니까?"

"그것도 맞다."

"무슨 얘기를 하고 싶은 겁니까. 내게 대의가 없다고 한다면, 당신은 이 시대의 정의를 없앤 장본인이 아닙니까!"

한데 뜻밖에도 해월 진인은 부인하지 않고 순순히 수긍했다.

"맞아. 내가 그랬어."

"이유는?"

"무림이 무너지는 걸 막기 위해서다."

진자강의 표정이 일그러졌다.

이 무슨 궤변인가!

좌아아!

뱃전에 거센 물결이 부딪쳐 왔다. 이제 배 안에는 물이 거의 다 들어찼다.

해월 진인은 노를 짚고 그 위에 원숭이처럼 올라앉아 있었다.

진자강은 다리까지 물에 잠겼다.

하지만 조금도 물러서지 않고 해월 진인을 노려보며 말했다.

"범몽 대사도 같은 말을 하더군요. 절복종은 무력으로 정법을 실천한다고 합니다."

"그것은 사실 중요한 게 아니다."

"마음에 들지 않는 대답이군요."

"마음에 들지 않아도 할 수 없다. 칼밥 먹는 자들이 칼로써 문제를 해결하는 방법이 뭐가 잘못되었느냐? 비겁하게 기습을 하거나 배신해서 뒤통수를 치지 않는 이상, 칼잡이는 칼을 쓰는 게 옳아."

"방식의 문제라는 겁니까?"

"그래. 그래서 정파인에게는 귀찮을 정도로 정파의 방식이 있는 거다. 먼저 이 싸움이 옳은 일인지 판단하고, 손을 쓰기로 결정한 후에는 선후배의 도리를 따져 선수를 결정한다. 또한 손을 쓰기 전 경고를 하고, 사생결단을 낼 것인지 승부만 가릴 것인지 사전에 합의를 한다. 그리고 나서야 비로소 칼을 뽑지."

진자강이 비릿한 웃음을 지었다.

"안타깝게도 그런 정파인은 별로 보지 못한 것 같습니다만. 아마도 강호 무림을 엉망으로 만든 이 때문이겠지요."

"맞아!"

해월 진인이 또다시 껄껄 웃었다.

"계속 얘기를 하고 싶지만 좀 더 있으면 네놈은 물고기밥이 되겠군. 이제 장난은 그만해야겠구나."

해월 진인이 양손을 옆으로 내밀었다.

이어 쌍장으로 거의 다 차오른 배의 양쪽 수면을 쳤다.

장력은 수면에 부딪쳐 폭발하지 않고 물속으로 파고들었다. 그러더니 순간 엄청난 물보라가 일었다.

콰아아아!

장력이 물을 밀어내며 거의 다 가라앉았던 배가 떠올랐다. 그러면서 앞으로 나아가기 시작했다.

해월 진인이 쌍장으로 장력을 쏟아 내면서 말을 이었다.

"그러니까 나는……."

말을 하다가 뒷전을 쳐다보는 해월 진인이다. 진자강이 밑창에 워낙 크게 구멍을 내놓아서 뒷전에 계속 물이 차 잘 나아가지 않고 있었다.

게다가 진자강은 빤히 그 모습을 지켜만 보고 있다.

해월 진인의 눈썹이 꿈틀거렸다.

"가만히 있지 말고 물 좀 퍼라! 노인네가 일을 하고 있는데 젊은 놈이 놀고 처자빠졌네! 노인 공경이라고는 눈곱만큼도 없는 놈!"

진자강은 탈혼사로 판자를 잘라 바닥을 막고 성의 없이 손으로 물을 퍼냈다.

해월 진인이 인상을 썼다.

그러나 덕분에 배가 나아가는 속도는 훨씬 빨라졌다.

"말씀하시죠."

"크흠!"

해월 진인은 목소리를 가다듬고 질문을 던짐으로써 말을 시작했다.

"너는 말이다. 무림맹주가 강호를 좌지우지할 수 있을 것 같아 보이느냐?"

"이미 그렇게 하지 않으셨습니까."

"불가능하다."

해월 진인의 인상이 진지헤졌다.

"강호에는 수많은 문파가 있고 목에 칼이 들어와도 움직이지 않는 자존심 강한 놈들 수만, 수십만이 있다. 마교라도 발호하지 않는 한 그들을 하나로 이끄는 건 불가능해."

진자강이 다시 물었다.

"하셨잖습니까."

"어떻게 했을까?"

진자강은 얼굴을 찌푸렸다.

방금은 자신이 무림을 엉망으로 만들었다고 해 놓고, 무림맹주가 강호를 좌지우지하는 것은 불가능하다 말한다. 그런데 또 이제는 어떻게 자신이 좌지우지하였는지 말해 보라는 것이다.

"도대체가 말이 안 되지 않습니까."

"제각각 생각이 다른 수십만 무림인들이 움직이는 데에는 두 가지 이유가 있다. 하나는 강호 자체가 생존의 위협을 받을 때, 또 다른 하나는 대의를 따라야 할 때다. 무림맹주가 아무리 명령을 내려도 그 두 가지 중 하나에 부합하지 않으면 전체의 무림은 움직이지 않는다."

해월 진인이 말을 이었다.

"그래서 전체 무림이 움직여야 할 일이 생기면 무림대회(武林大會)를 연다. 무공을 겨루어 발언권을 가지고, 자신이 생각하는 대의에 따라 격렬하게 토론한 뒤 합의를 도출한다. 어떤 미친놈이 천하제일의 무공을 가지고 난장판을 만들어도 대의에 어긋나면 무림은 동조하지 않는다."

진자강은 잠시 생각한 후 말했다.

"지금 들은 대로만 말하자면 강호 무림이 잘못될 일은 거의 없는 것 아닙니까."

"그래."

"당신이 이해득실이라는 기치를 내세워도…… 대의에 맞지 않다면 통용될 리 없었다…… 그렇게 말하는 겁니까."

해월 진인이 쓸쓸한 듯 웃었다.

"말투가 건방지지만 대충 핵심은 파악했구나. 나는 지금까지 강호 무림이 돌아가는 체계에 대해 말하였다. 즉, 내가 아무리 날뛰었어도 온전한 체계에서는 절대로 지금처럼 엉망이 될 리가 없었다는 게다. 무슨 의미인지 알겠느냐?"

해월 진인의 눈썹이 살짝 들리면서 날카로운 눈빛이 새어 나왔다.

"강호는, 내가 맹주가 되기 전부터……."

이미 망·가·져 있었던 거다.

아주 잠시 진자강은 자신이 잘못 들은 줄 알았다.

강호가 이미 망가져 있었다고?

그것도 해월 진인이 무림맹주가 되기 이전부터?

"기실, 나를 비롯한 몇몇 지인들만 알고 있었다. 강호에 미약하지만 이상한 흐름이 있다는 걸."

해월 진인의 목소리는 매우 진지했다.

"이상한 흐름이라는 게 무엇입니까."

"풋마름병!"

풋마름병은 청고병(靑枯病)이라고도 하는데 식물의 잎이나 뿌리가 썩어 시드는 병이다.

진자강은 묘한 기분이 들었다.

해월 진인이 설명을 이었다.

"아주 작은 소문파들 간의 분쟁이 계속해서 늘어 가고 있었다. 가족 단위, 혹은 교육비를 받는 도장급의 문파들 간에 치열한 싸움이 벌어졌다. 그 자체는 특이한 일이 아니지. 하지만 방식이 문제였어. 시비를 걸고 뒤에서 찌르고 불을 질렀으며 심지어는 우물에 독까지 탔다."

백도에 있는 문파에서 해야 할 방식이 아니었다.

"워낙 작은 소문파에서 벌어지는 일들이라 대개는 큰 화젯거리도 되지 못했지."

진자강이 해월 진인의 말을 가만히 듣고 있다가 물었다.

"누군가의 음모라고 생각하였습니까?"

"처음엔 나도 반신반의했다. 그러나 나는 오랫동안 강호를 주유하며 확인했다. 그런 모습들이 한군데가 아니라 전 중원에 걸쳐 일어나고 있음을."

구북촌의 하오문 소속 오태도 그때에 해월 진인을 만났던 모양이었다. 오태가 말했다. 자신이 젊은 시절 만난 해월 진인은 고집스러운 도사에 가까웠다고.

"흔히 소수의 거대 문파들이 무림의 전부라 생각하지만, 실제로 무림을 이루는 것은 중소 문파들이다. 강호라는 토양에 수만의 중소 문파들이 뿌리를 뻗어 그 위에서 거대 문파가 가지를 친다. 가지가 아무리 성해도 뿌리가 썩으면 죽는다. 그런데 나무를 지탱하는 뿌리의 끝, 소문파들이 썩어 가고 있었던 게지."

해월 진인이 잠시 말을 멈추었다가 진자강을 보며 말했다.

"내가 이 정도로 장황하게 이야기를 풀어놓았으면 무슨 얘기를 하고 싶은지 알겠지."

진자강의 눈썹이 꿈틀댔다.

"설마……!"

"약문과 독문도 마찬가지였다는 얘기다."

진자강은 머리가 복잡해졌다. 이것이 단순하게 벌어진 일이 아니라 수십 년 전부터 벌어졌던 일이란 말인가? 그것도 누군가 부추기고 일부러 갈등을 조장하여서?

"약문과 독문은 본래부터 뿌리가 같아 사이가 나쁘지 않았다. 한데 점점 더 갈등이 심해져 마침내는 한 하늘을 이고 살 수 없는 사이가 되고 말았지."

진자강은 주먹에 힘이 들어갔다. 이제까지 만난 사람들이 자신에게 한 이야기들이 하나둘씩 떠올랐다.

약문과 독문이 누가 피해자이고 누가 가해자인지 알 수 없다던 말들.

특히나 아미파의 장문인 인은 사태가 한 말은 뼈를 찌른 듯 날카로웠다.

진실을 보려면 전모를 알아야 한다던 말.

인은 사태는 이 같은 사실을 꿰뚫어 보고 있었던 것인가?

"아직……."

진자강은 한 자 한 자 천천히 내뱉었다.

"이것으로는 무림을 엉망으로 만든 변명이 되지 못합니다."

"내가 본격적으로 파고들기 시작하자 놈들은 내 앞에서 순식간에 모습을 감췄다. 나는 더 이상 아무것도 알아내지 못했다. 누가 먼저 시작했는지 어디서부터 어디까지 오염되었는지. 얼마나 오래전부터 꾸며 온 일이었는지 아무것도 알 수 없었다. 그러나 확실한 건 그 순간에도 물밑에서 작업은 계속되고 있었다는 게다."

해월 진인이 약간의 자조 섞인 목소리로 말했다.

"나 혼자서는 전 중원을 돌볼 수 없었다. 이곳을 막으면 저곳이 터지고, 저곳을 막으면 다른 데가 터졌다."

"하여……."

해월 진인이 고개를 끄덕였다.

"믿을 수 있는 사람들이 필요했다. 나는 뜻이 맞는 이들과 함께 가장 오염되지 않았다고 판단된 문파들을 골라 장강검문을 조직했다."

장강검문의 탄생 비화였다.

"무림맹주가 되기 위해 조직했다는 이야기는 들었습니다."

"세간의 소문이란 게 늘 그렇지. 아주 틀리진 않아. 결국은 그 힘으로 무림맹주가 되었으니까."

해월 진인이 잠시 말을 멈췄다가 이었다.

"이후에 나는 어떤 자들이 뒤에 있는지 모르기에 우선 마교를 봉쇄하고 이후 사파도 북방으로 쫓아냈다. 내가 할 수 있는 모든 방법을 동원했다. 하지만 그럼에도 불구하고 놈들의 꼬리는 잡히지 않았다. 오히려 들불처럼, 물밑에서 번지고 또 번져 갔다. 나는 절망스러웠고, 방법이 없었느니라."

해월 진인은 장력 내뿜기를 잠시 멈추었다. 거센 물길을 거슬러 올라가던 나룻배가 멈추고, 다시 서서히 뒤로 밀리기 시작했다.

"한데 내가 지켜본 소문파들의 분쟁에는 유사한 점들이 있었다. 소문파에 어울리지 않는 대형 이권이 걸려 있어서, 패한 자는 전부 빼앗기고 살아남은 자는 큰 이득을 보아 문파를 확장하는 데 도움이 되었지."

"그 일들이 전부 이해관계로 인하여 생겨난 일이었다는 거군요."

"그래. 그렇게 소문파에서 시작된 오염이 중급 문파까지 번졌다. 정의는 사라지고 대의는 변질되고 있었다. 이런 식으로 밑바닥에서부터 차근차근 침식되면 나중에는 걷잡을 수가 없게 되느니. 도려내지 못할 정도로 썩어서 무림 전체가 고사되기 전에, 나는 결단을 내려야 했다."

진자강은 마침내 이해했다.

해월 진인의 결단이 무엇인지.

왜 강호가 비틀린 모양을 하고 있었는지.

"놈들이 완전히 자리를 잡기 전에 수면 위로 끌어낼 필요가 있었다. 그러기 위해서 나는…… 놈들이 원하던 상황으로 판을 깔아 놓기로 했다."

"그것이 이해득실을 바탕으로 한 무림맹의 운영 기조였다는 거군요. 하지만……."

진자강이 말했다.

"내 생각엔 성공한 걸로 보이지 않는데 말입니다."

해월 진인의 입술이 비틀렸다. 고소를 지었다.

"네 말대로, 나는 실패했다. 놈들을 너무 얕봤던 게지. 놈들은 굉장히 오랜 기간 강호의 대의를 오염시키기 위한 작업을 해 왔다. 내가 판을 깔아 놨다고 해서 섣불리 걸려들 정도로 바보 같은 놈들이 아니었던 거야. 오히려 내게 모든 걸 뒤집어씌웠다. 덕분에 나는 강호를 엉망으로 만든 최악의 무림맹주로 불리게 되었지."

해월 진인은 다시금 장력을 쏘아 나룻배를 전진시켰다.

"구북촌에서 묘랑대 아이들과 올라왔으니 알 게다. 북천이 움직이고 있다는 걸. 얼마 전에는 마교에도 작지 않은 문제가 생겼어. 그런데 말이야. 나는 그 두 사건에 대해 공식적인 보고를 전혀 받지 못했다. 내게 오는 정보가 고의적으로 차단된 지 오래되었다는 얘기야. 무림총연맹 안에서."

해월 진인의 말이 사실이라면 심각한 문제가 아닐 수 없었다. 무림맹주가 맹이 아닌 개인적인 정보 조직을 통해 상황을 파악해야 하는 사태인 것이다.

해월 진인의 눈빛이 빛났다.

"그래서 네놈 같은 녀석이 나오길 기다리고 있었다. 새로운 놈! 오염되지 않은 놈! 내가 부추긴 썩은 대의에 물들지 않은 놈! 무림맹주인 나를 당신이라고 부를 수 있는 놈!"

진자강의 눈에 힘이 들어갔다.

"그 대답! 매우, 마음에 들지 않는군요. 무림에는 그리 사람이 없습니까!"

"사람은 많지."

해월 진인이 살기 어린 표정으로 웃었다.

"하지만 믿을 놈이 없다."

"장강검문이 있지 않습니까."

"그랬지. 그런데 재미난 얘기를 해 줄까? 며칠 전, 장강검문에서 탈퇴한 문파들이 나왔다. 제갈가, 모용가, 석가장, 강동 삼대 검파까지."

수십 년 동안 해월 진인의 힘이 되어 주었던 문파까지. 해월 진인의 팔다리가 하나씩 잘려 나가고 있었던 것이다.

"나는 이 상황을 타개하기 위한 방법으로, 알려지지 않은 인재를 섭외하기 위해 백방으로 수소문했다. 그중 하나, 망료라고 재미있는 놈이 있더구나."

망료!

"충분히 재능이 있었고, 머리도 명석했으며 오염되지도 않았다. 그런데 문제가 있었어. 직접 만나 보니 이미 다른 놈에게 정신을 먹혀서 정상이 아니지 뭐냐."

진자강의 눈이 가늘어졌다.

"그쪽은 협객의 조건에 부합했습니까?"

해월 진인이 말했다.

"협객이냐 아니냐 따질 때가 아니었다. 오염되지 않았으며 놈들의 상상을 뛰어넘을 수 있는 괴물이 필요했다. 그런데 망료는 괴물에 의해 만들어진 가짜 괴물에 불과했어. 그래서 찾은 게 바로 너다. 진짜 괴물."

진자강은 이를 꾹 깨물었다.

해월 진인이 그런 진자강을 향해 말했다.

"어떠냐. 이것이 내가 무림맹주의 자리에서 물러나지도 못하고 이때까지 눌러앉아 있던 이유이자, 네가 알아 두어야 할 얘기들이었다."

한동안 말을 않고 있던 진자강이 입을 열었다.

"무림맹주가 찾아내지 못하는 자들이라니…… 여전히 믿어지지 않는군요. 그래서 피습을 당했다고 해 놓고, 이렇게 숨어 계시는 겁니까?"

"안 그랬으면 다음번에 잘리는 건 내 목이 되었을 거거든."

해월 진인이 인상을 쓰며 말했다.

"나는 아주 오래전부터 놈들의 활동으로 의심되는 사례들을 수집해 왔다. 그중에서 최근 빈번해진 사건이 있느니라. 바로 문파의 적전(嫡傳) 심법을 익히고 있던 후기지수들이 실종된 사건이다."

적전이라는 것은 적통을 의미하기도 하지만, 장문이 익히는 고유의 내공심법을 뜻하기도 한다. 주로 대제자가 전수하나 연이 닿는 제자가 익히는 경우도 있다.

"최근에는 화산, 그리고 우리 무당에서도 같은 일이 일어났다. 속가로 환속한 제자 중에서 유일하게 적양신비공을 익힌 이가 있었는데 그 제자가 실종됐다. 내가 익힌 내공심법이 바로 적양신비공이지."

진자강은 퍼뜩 단령경에게 자신이 했던 말을 떠올렸다.

각 문파에서 거래한 약초의 종류를 알면 해당 문파가 가진 내공심법의 상성을 찾아낼 수 있게 된다!

"설마 내공심법의 약점을⋯⋯!"

그래서 해월 진인은 다음번엔 자신의 목이 잘린다고 예상한 것인가?

"강호에서 관련이 없는 일은 일어나지 않는다. 이 정도로 대놓고 움직이고 있다는 건 이미 놈들의 계획이 거의 끄트머리에 와 있기 때문일 게다."

해월 진인이 계속해서 배를 밀며 말했다.

"자, 이대로 두면 어떻게 될까?"

북천이 활동을 재개하고 마교가 발호하게 된다면.

썩어 버린 강호가 그것을 막지 못하고, 구심점인 무림맹주마저 죽게 된다면.

두말할 필요 없이 강호에는 대혼란이 오게 될 터였다.

"그로 인해 가장 큰 이득을 보는 놈들. 그게 바로 내가 찾는 놈들이다. 하지만 내가 죽기 전에는 나타나지 않겠지."

"이해했습니다."

그래서 해월 진인은 놈들이 완전히 준비된 상태에서 자신을 공격해 오기 전에 스스로 피습을 위장하고 숨은 것이다.

그것으로 그들의 계획에 차질이 생겼음은 분명하다.

진자강이 돌연 물었다.

"그럼 왜…… 막지 않았습니까?"

"뭘 말이냐?"

진자강은 해월 진인을 노려보며 물었다.

"약문이 몰살당하고 있을 때, 왜 막지 않았습니까?"

"말했듯이, 나는 대외적으로 보이는 바와 달리 팔다리가 잘린 상태였다. 할 수 있는 일이 많지 않아."

"당신이 말한 대로 되려면, 강호의 한 명 한 명이 만들어 가는 정의가 대의가 될 것입니다. 그런데 무림맹주조차 정의를 지키지 않으면서 누가 정의를 지키길 원한다는 겁니까?"

해월 진인은 진자강의 시선을 맞받다가 천천히 고개를 끄덕였다.

"네 말이 맞다. 나는 그것을 너무도 늦게 깨달았다. 만약 내가 정도를 지키고 공정한 법도에 따라 무림총연맹을 운영했다면, 느리지만 정도를 지켜 나갔다면 적어도 내 대에는 놈들이 나서지 못했을 수도 있을 것이다. 결국은 나 역시 스스로 오염되어 버린 거지."

해월 진인은 깊은 콧숨을 내쉬었다. 그러더니 입가에 작은 미소를 띠웠다.

"그러니까 이제 네가 할 일을 일러 주마. 똑똑히 듣거라."

진자강이 차갑게 대꾸했다.

"말씀하십시오."

해월 진인이 진자강의 방향으로 얼굴을 들고 말했다.

"조만간 오염되고 썩은 것들이 한 군데에 모이게 될 것이다. 한꺼번에 도려낼 수 있는 큰 기회가 온다."

진자강은 미간을 찌푸리고 해월 진인을 쳐다보았다.

해월 진인의 입가에 살벌한 미소가 감돌았다.

"나는 그때 망설이지 말고 모두 지워 버릴 계획이다."

진자강은 갑자기 등줄기에 소름이 돋았다.

해월 진인이 말하는 바를 깨달은 것이다.

단순히 썩은 싹 몇몇 포기를 제거하겠다는 소리가 아니다.

수백 명? 아니 수천 명? 그 이상이 될 수도 있다.

"놈들이 수십 년에 걸쳐 작업하고 오염시킨 자들을 모조리 죽이면, 놈들은 모습을 드러내지 않을 수 없다. 그때 놈들을 죽일 것이다. 그 기회를 놓치면 다시는 놈들을 잡을 수 없게 될 게다."

진자강이 되물었다.

"아직까지 내가 할 일을 말씀하지 않았습니다."

"내가 모든 걸 성공하고 나면……."

해월 진인이 잠시 기다렸다가 말했다.

"나를 죽여라."

진자강은 해월 진인을 빤히 바라보았다.

그것은 정말로 의외의 부탁이었다.

"그게, 거래 조건입니까."

해월 진인이 말했다.

"네 말대로 나는 오염되어 있다. 나를 죽이고 넘어가지 않으면 새 시대는 오지 않는다."

"만일, 당신이 그 세력을 축출해 내는 데 실패한다면?"

해월 진인이 껄껄 웃었다.

"그럼 뒤도 돌아보지 말고 도망가야지. 내가 실패했는데 네놈은 성공할 것 같으냐? 복수고 뭐고 다 내던지고 산속에 들어가 색시 궁둥이나 두드리며 자식이나 몇 낳아 오손도손 살거라."

진자강은 웃지 않았다.

"하나 대량 살상을 저지르게 되면 당신은 더 이상 존경받는 맹주가 되지 못할 겁니다."

"나를 뭐라고 불러도 좋다. 명예는 개나 주라지. 대신 너는 나라는 악당을 죽임으로써 영웅이 될 것이다. 많은 사람들의 지지 속에서 네 과거는 잊히고, 복수는 정당성을 얻게 될 것이며 원하는 삶을 살 수 있게 된다. 나에겐 그저 무림을 원래대로 되돌리는 것만이 마지막 남은 사명이노라."

진자강은 생각이 많아졌다.

처음 그가 행동을 시작했을 때의 의도는 대의에 닿아 있었으나 실패하였다. 때문에 그는 무림을 엉망으로 만든 무림맹의 수괴 소리를 들었다.

하나 두 번째를 성공한다 해도 그는 무림의 역사에 살인마로 영원히 기록될 것이었다.

해월 진인은 영웅인가, 아니면 악당인가.

해월 진인이 나지막하게 말했다. 그것은 아주 작게 혼잣말처럼 되뇌는 말인데도 거센 물살을 뚫고 진자강의 귀에 똑똑히 들려왔다.

"걱정할 것 없다. 들불이 지나간 자리에는 아무것도 남지 않을 것 같으나, 해가 바뀌고 새봄이 오면 그 어느 때보다도 건강하고 푸른 싹들이 융성하게 자라느니라."

진자강이 천천히 되물었다.

"내가 수락하든 말든 나에서 끝나지는 않겠군요."

"당연하다. 나는 너 외에도 또 다른 자들을 찾아 만반의 대비를 해 둘 것이다. 네가 받아들이지 않더라도, 혹은 실패하더라도 내 계획은 변하지 않는다."

콰우우우!

해월 진인이 장력을 뿜지 않자, 나룻배가 뒤로 밀리다가 거세게 휘몰아치는 물살의 소용돌이에 걸려 한참이나 제자리에서 뱅그르르 돌았다.

내내 해월 진인을 바라보던 진자강이 마침내 입을 열었다.

"좋습니다. 원하는 대로 당신을 죽여 드리겠습니다."

그제야 해월 진인은 편안한 미소를 지었다.

한데 진자강이 갑자기 툭 던지듯 말을 꺼냈다.

"그런데 말입니다……."

"뭐냐."

진자강이 해월 진인을 쳐다보며 말했다.

"본인이 저지른 엄청난 일의 뒤처리를 맡기는 것치고, 겨우 신법 하나는 너무 싸다고 생각하지 않으십니까?"

해월 진인이 껄껄 웃었다.

"이런 건방진 놈. 역잔영 혼신법은 무당에도 익힌 자가 없는 비전의 무공이니라. 그거 하나면 평생을 우려먹고도 살 수 있다. 그런데 겨우라니, 그건 좀 너무한 것 아니냐?"

"무당파의 무공을 눈에 띄게 전해 주면 문제가 생길까 봐 실전된 무공을 준 것이잖습니까. 아닙니까?"

"하여간 눈치 하나는 기가 막힌 놈이구나."

"역잔영 혼신법으로 아무리 상대의 눈을 홀려도 방패를 뚫지 못하면 소용이 없습니다."

"소림사의 철포삼을 말하는 게로군."

진자강은 하급 무공의 한계를 뼈저리게 느꼈다. 아무리 해도 범몽 대사의 철포삼을 뚫을 수 없었다. 철두공에는 독침마저 듣지 않았다.

어떻게든 고수의 호신강기를 뚫을 수 있는 상승 무공이 필요했다.

"범몽 대사는 당연히 네가 맞상대해서 이길 수 있는 상대가 아니다. 이번에는 운이 좋았던 것이니 당연히 만나면 달아나야지."

"마음대로 하십시오. 그럼 거래는 없는 것으로 하겠습니다."

해월 진인은 혀를 찼다.

"쯧쯧. 말을 끝까지 들어라. 방법이 없다고 한 건 아니다. 겁살마신은 보았느냐?"

진자강은 살짝 놀랐다.

그러나 귀주지부에서 광명정사 야율환이 탈옥한 것을 알렸고, 무당파 역시 도문의 일원으로 합마공에 대해 알고 있을 수도 있었다.

"지금은 조용히 자고 있습니다."

"뇌부의 귀신은 꽤나 끈질긴 놈인데 잘도 견뎌 냈구나. 하면…… 이리 와 봐라."

해월 진인이 손을 내밀었다. 부드럽게, 천천히 내밀어서 손끝을 진자강의 가슴 앞에 놓았다. 중지 끝이 닿을 듯 말 듯 하다.

그러더니 중얼거렸다.

"몸 전체로 축경(蓄勁)하고."

해월 진인의 몸이 갑자기 오므라들며 꿀렁거렸다.

"점을 찍어 발경(發勁)한다."

발경이란 말을 듣는 순간 진자강은 몸을 피하려 했다. 그러나 그전에 해월 진인이 손끝으로 툭 진자강의 가슴을 건드렸다.

그 순간!

투학!

진자강은 정신없이 뒤로 날아갔다. 항거할 수도 없이 막대한 힘에 떠밀렸다.

순식간에 해월 진인이 멀어졌다.

벌써 자신이 타고 있던 나룻배가 훤히 보였다.

진자강은 오륙 장이 넘는 거리를 넘어 반대편 강가까지 날아가 떨어졌다.

쾌당탕!

진자강은 바닥을 몇 바퀴나 구르면서 손으로 땅을 짚고 재주를 넘어 몸을 일으켰다.

가슴을 더듬었다. 옷에 아주 작은 구멍이 뚫려 있었다.

그 외에 크게 다친 곳은 없었다.

당황스러울 정도의 힘이었다. 마지막 순간에 해월 진인이 힘을 분산시키지 않았다면 옷에 구멍이 나는 정도로 그치지는 않았을 것이다. 등뼈를 부수면서 커다란 구멍을 뚫어 놓고도 남았을 터였다.

해월 진인은 발로 나룻배를 밟고 수면 위를 뛰어넘어 단숨에 진자강의 앞에 내려섰다.

"촌경(寸勁)이라는 기술이다. 태극권의 경력을 이용한 수법 중 하나지."

해월 진인이 촌경에 대해 설명했다.

"철포삼 같은, 특히나 소림사의 금란철주같은 호신강기는 약점이 되는 조문을 알지 못하면 전문 수법으로만 파괴할 수 있다. 촌경은 겁살마신을 완전히 굴복시키기 전에 네가 배울 수 있는 몇 안 되는 강기 파괴 수법이다."

"촌경……."

진자강은 옷에 난 구멍을 매만졌다.

해월 진인이 진자강에게 손짓했다.

"자, 시간은 반나절뿐이다. 양껏 욕심을 부렸으니, 어디 얼마나 가져갈 수 있나 보자."

*　　　　*　　　　*

　무림강호를 이끄는 세 명의 절대 고수 무림삼존.

　현교의 교주와 북천의 주인, 그리고 무림맹주.

　그중 한 명인 해월 진인에게 무공을 사사한다는 것은 진 자강에게 최고의 기회였다.

　이미 무암 존사와 야율환에게 지도를 받아 본 경험이 있 기에 얼마나 소중한 시간인지 잘 알고 있었다.

　진자강은 이 다시없을 기회를 놓치지 않기 위해 전심전 력을 다 했다.

　일다경 만에 구결을 모두 외우고, 반 시진 동안 질문을 했으며, 반 시진 만에 기본 동작과 원리를 체득했다. 이후 로는 오로지 역잔영 혼신법과 촌경만을 사용하여 실전, 실 전, 계속해서 실전처럼 해월 진인과 겨루었다.

　마치 계속해서 젖을 조르는 아이처럼 진자강은 끊임없이 해월 진인을 닦달하며 귀찮게 했다.

　투학!

　해월 진인의 촌경이 진자강의 가슴에 작렬했다.

　이제는 옷이 걸레처럼 너덜너덜해진 진자강이 또 바닥을 나뒹굴었다. 하나 온몸이 흙투성이가 된 채로 금세 벌떡 일 어서서 해월 진인에게 달려들었다.

잔상이 하나, 둘, 셋. 허공에 남았다.

해월 진인의 왼쪽으로 진자강이 돌아갔다. 해월 진인은 보지도 않고 오른쪽으로 손을 뻗었다.

투학!

"큭!"

신음 소리와 함께 진자강이 날아갔다. 진자강은 엉망이 된 몰골로도 쉬지 않고 해월 진인에게 쇄도했다.

그러나 해월 진인은 진정으로 귀찮다는 생각은 들지 않았다.

무당파에 있으면서 수많은 기재와 무재를 보아 왔다.

천자문을 두 번 읽고 전부 암기한 천재도 있었고, 무공 구결을 순식간에 이해한 천재도 있었다.

하지만 그 어떤 천재도 진자강만큼 필사적이진 않았다.

절박함.

진자강에겐 보고 있는 사람의 간이 다 졸아들 정도로 한계까지 자신을 몰아붙이는 절박함이 있었다.

자신 역시 마찬가지였다.

애초에 사명감이 없었다면 이 자리까지 오지 못했다. 비록 길이 어긋나 무림을 더욱 위태롭게 만들긴 하였으나, 무림은 그의 존재 이유이며 삶의 목적이었다.

데구르르.

바닥을 구르던 진자강은 또다시 일어나서 움직였다.

역잔영 혼신법으로 움직인 방향과 반대로 잔상을 남겼다.

셋, 넷……. 흐릿한 잔상이 해월 진인의 뒤로 돌아간다.

해월 진인은 왼쪽으로 손을 뻗었다. 해월 진인의 손이 진자강의 잔상을 통과했다. 진자강의 잔상이 해월 진인의 머리 위로 떠올랐다.

해월 진인이 흠칫하며 위를 막으려다가 오른쪽을 쳤다.

훅!

오른쪽에 있던 진자강의 잔상이 해월 진인의 손짓이 일으킨 바람에 꺼지듯 사라졌다.

앞!

진자강이 정면에서 몸을 낮춘 채로 해월 진인의 복부에 손가락을 가져다 댔다.

진자강은 다섯 개의 둑만 이용하여 와류를 한 곳으로 끌어 올렸다. 정의가 모여 대의가 되듯, 여러 지류가 갈라지고 합쳐져 주류가 되듯, 제각기 다른 와류들을 모아 구결에 따라 움직여 오른손의 중지 한 곳에 쏟아부었다.

촌경!

진자강의 공격이 처음으로 해월 진인에게 먹혔다!

하지만 해월 진인의 몸이 출렁거리더니 진자강은 마치

솜을 누른 것 같은 기분이 들었다.

투웅.

진자강의 손이 가볍게 튕겨지며, 해월 진인의 발아래에서 폭발이 일어났다.

쾅! 진각을 밟은 것처럼 흙이 터지고 바닥이 박살 났다. 진자강의 촌경을 발아래로 흘린 것이다.

진자강은 두 걸음을 주춤 물러나서 재차 자세를 잡았다. 헉헉거리면서도 아직 눈빛은 생생했다.

"제가 이겼군요."

"그래. 아무리 봐도 야매(野昧)하지만 그만한 위력이면 충분하다."

야매하단 건 거칠고 풋내가 난다는 뜻이다.

"충분한 거 맞습니까?"

오광제와 육광제는 차이가 크다. 그래도 오광제의 내공으로 전력을 다했는데도 해월 진인이 멀쩡해 보여 묻는 말이다.

"네가 내내 촌경만 썼는데 뻔히 알고도 당하겠느냐? 아직은 발경할 때의 속도가 느려. 지금보다 열 배는 더 빨라야 한다."

해월 진인은 아까와 다를 바 없이 진지하게 말하고 있었으나, 왠지 말투가 살짝 누그러진 듯했다.

진자강은 해월 진인을 가만히 쳐다보았다. 눈썹 때문에 눈이 가려져 정확한 표정을 볼 수는 없으나 왠지 다른 생각을 하는 듯 보였다.

진자강이 바로 몸을 움직이려 하자 해월 진인이 손을 들었다.

"그만. 시간이 됐다."

그 말을 들은 진자강은 더 조르지 않고 멈추었다. 그러곤 정중하게 해월 진인에게 포권했다.

"감사했습니다."

해월 진인은 살짝 고개를 끄덕이더니 잠시간 말이 없었다.

"……."

"왜 그러십니까?"

그래도 답이 없자 진자강이 되물었다.

"할 말씀이 있으면 듣겠습니다."

"나는……."

해월 진인이 입을 떼었다.

"제자가 없다. 왜인 줄 아느냐?"

"모르겠습니다."

"다 죽었다."

진자강도 그 말에는 함부로 응대하지 못했다.

"전부 셋을 들였는데 하나같이 꽃을 피워 보기도 전에 사고로 죽었다."

"정말…… 사고였습니까?"

해월 진인은 살짝 입꼬리를 들어 대답을 대신했다.

"두 명은 내가 강호행을 하며 놈들의 뒤를 쫓던 때에, 한 명은 장강검문을 조직하던 때에 죽었다. 그 후에야 나는 내가 하려는 일의 심각성을 다시 한번 자각했느니라. 그리고 이후로는 제자를 들인 적이 없다."

무림인에게 제자는 자식과도 같다. 때로는 자식 이상으로 한 몸처럼 여기는 경우도 있다. 자신의 진전을 전하면서 일체감까지 느낀다고 한다.

그러니 제자를 잃었을 때 해월 진인은 극도로 상심하였을 터였다.

해월 진인이 진자강을 넌지시 바라보았다.

"너라면, 혹시나 네가 내 제자였다면 지금까지 살아남았을 수 있었을까 생각했다."

진자강은 빤히 해월 진인을 보았다.

"나는 황금공주로 사람의 상을 본다. 인성이 선하고 자질이 뛰어난 녀석들로 골랐다. 가르치면 가르치는 대로 물을 빨아들이듯이 제 것으로 흡수하는. 그러나 오늘 너를 보니……."

해월 진인이 말했다.

"내가 가려는 길에 비해 너무 심성이 나약한 녀석들을 골랐다는 걸 깨달았다. 그 녀석들은 나 때문에 죽은 거나 다름이 없구나. 아니, 내가 뜻을 꺾기만 했더라도."

그 말을 듣고 있던 진자강이 갑자기 피식 웃었다.

"그래서, 자책이라도 하시는 겁니까?"

"왜? 나는 자책도 하면 안 되느냐?"

"내가 나 자신을 지키지 못할 나이, 진인의 표현대로 꽃도 피우지 못하였을 무렵에 내 스승이 될 만한 사람을 만난 적이 있습니다."

"누구더냐."

"약왕문의 부문주 용명."

"처음 듣는 이름이구나. 하나, 네가 스승이라 부를 만한 이였다니…… 한번 만나 보고 싶다는 생각은 든다."

"그분은 나를 대신해 돌아가셨습니다."

해월 진인의 눈썹이 움찔했다.

"그분뿐 아니라 그분을 따르던 약왕문의 문도들도. 나를 살리기 위해 목숨을 희생했습니다."

해월 진인의 눈썹이 더 쳐졌다. 아마도 눈을 감은 듯했다.

"덕분에 나는 지금까지 살아남았습니다. 적어도 약왕문

의 복수를 할 수 있었고, 약문과 독문에 얽힌 전모를 어느 정도나마 알아낼 수 있었습니다. 그리고 진인의 목을 가져갈 때가 되면 진짜 원흉까지 밝혀내게 되겠지요."

"내가 죽었어야 제자들이 살아 있을 거란 뜻이더냐?"

"같은 상황이었다면, 진인은 어떻게 하였겠습니까. 제자들을 구했을 겁니까?"

해월 진인은 잠깐 침묵했다가 탄식하며 말했다.

"참으로 부끄럽다는 생각이 들었도다. 네 말을 듣고 보니 나는 너무 대의에 매몰되어 있었구나. 아직도 모르겠다. 제자를 살리기 위해 내가 대신 죽을 수 있었을까. 제자들이 나를 대신해 무림을 지킬 거라고 믿어 주었을까……!"

"그러니까 내가 진인의 제자였다면, 나는 진인을 대신해 죽었을 겁니다."

"뭐라?"

"제자들이 스승이 품은 뜻을 알았다면 스승을 위험하게 만들지 않기 위해서 기꺼이 죽었을 거란 뜻입니다. 스승의 앞길에 방해가 되지 않도록. 그건 나약한 게 아닙니다."

해월 진인은 한동안 말이 없어졌다.

그리고는 갑자기 코웃음을 쳤다.

"역시 너는 건방진 놈이구나. 어디 새파란 놈이 백 년을 산 어르신에게 훈계를 하느냐."

하지만 말과는 달리 해월 진인은 소매에서 무언가를 꺼내더니 진자강에게 던졌다.

금색과 붉은색의 수실이 달린 작은 옥패였다. 한눈에 보기에도 범상한 느낌이 아니다.

"훈계값이다. 옷이나 해 입거라. 그 옥에 새겨진 것과 같은 문양이 있는 가게에 들어가면 잘해 줄 거다."

"제가 받을 만한 물건이 아닌 것 같습니다만."

"약속한 거나 잘 지켜라. 나를 절대로 다른 놈에게 빼앗기지 마라. 남은 악습의 찌꺼기는 반드시 새로운 시대의 손에서 쓰러져야 하느니라."

네 손에 죽고 싶다.

왠지 해월 진인의 속마음이 들려오는 듯했다.

하나 진자강은 냉담하게 대꾸했다.

"영웅이 될 생각은 없습니다. 당신을 죽이고 나면 이후의 일은 내가 알 바 아닙니다."

껄껄!

해월 진인이 통쾌하게 웃었다.

"됐다. 그 뒷일까지 맡기진 않겠다. 어차피 네놈은 협객도 아니니. 그럼, 잘 있거라."

해월 진인은 발을 굴러 퉁 하고 뛰어오르더니 수면 위를 뛰어가서 순식간에 사라져 버렸다.

진자강은 해월 진인이 사라져 가는 방향을 보며 옥패를 꾹 쥐었다.

　그러곤 다시 한번 정중하게 그 방향으로 포권하며 고개를 숙였다.

第五章

괴리

강 건너에서 남궁원이 진자강을 기다리고 있었다.

양손에 부목을 대고 붕대로 감싼 남궁원이 진자강을 보고 눈짓을 했다.

얘기할 거리가 남은 모양이었다. 그렇지 않아도 진자강 역시 물을 말들이 있었다.

진자강은 강 상류를 가리켰다. 남궁원이 고개를 갸웃했다. 아마 강을 뛰어넘어 올 거라 생각한 모양이었다.

진자강은 고개를 젓고, 상류 쪽 다리까지 올라가 강을 건넜다.

진자강과 남궁원은 강기슭의 작은 언덕에서 만났다.

남궁원이 진자강에게 당부했다.

"알고 있겠지만, 여기에서 맹주를 만난 일은 비밀이다."

"알고 있습니다."

"그렇다고 해도 맹주께서 네가 꽤 마음에 드신 모양이 군. 네게 검령(劍令)을 주실 줄은 몰랐다."

"이게 검령입니까?"

진자강은 수실이 달린 옥패를 내보였다. 옥의 한쪽 면에 는 마치 검과 같은 긴 문양이 새겨져 있다.

남궁원이 흠칫하며 고개를 끄덕였다.

"그와 같은 표식이 있는 곳에서는 어디서든 장강검문의 도움을 받을 수 있다."

"도움을 받으면 내 행적이 장강검문에 모두 드러나겠군 요."

"그렇겠지. 그러니 신중하게 사용해야 할 거다."

"장강검문을 믿지 말라는 뜻으로 들어도 되겠습니까?"

진자강은 해월 진인이 했던 말을 확인하고자 되물어 보 았다.

남궁원은 눈살을 찌푸렸으나 솔직하게 답했다.

"맹주의 손발이 되어야 할 문파들이 탈퇴했다. 심지어 그들은 정의회 쪽으로 가담하는 걸 고려하고 있다. 나를 비롯해서 누구도 믿을 필요가 없다."

"그렇군요. 좋은 거래인 줄 알았는데 독이 든 사과였군요."

남궁원이 가만히 생각하다가 픽 웃었다.

"독이 든 사과라면 독룡인 네게는 가장 어울리는 선물이지 않은가."

진자강도 그 말은 부인하지 않았다.

진자강은 정의회에 대해 잠시 생각했다.

"정의회라⋯⋯."

정의회는 백리중의 조직이다. 모순적이게도 정의회는 해월 진인의 정신을 계승하는 조직이다. 그런데 해월 진인이 만든 장강검문을 탈퇴하여 정의회로 가는 것이다.

"금강천검의 기세가 날이 갈수록 오르고 있다. 심지어 정의회를 인정하지 않는 자들을 분란을 조장하는 사마외도의 첩자로 간주한다고 한다."

게다가 백리중은 직접 분란 세력 색출에 나서서 이들을 처단하겠다고 엄포를 놓기까지 했다. 무력행사도 마다하지 않겠다는 뜻이다.

역사가 오래된 대문파들도 부담이 심할 텐데, 중소 문파들이라면 그같이 매도되는 것이 매우 부담스러운 일이 아닐 수 없을 것이다.

물론 정의회가 크는 것은 해월 진인이 원하는 바일지도 모른다. 그는 썩은 것들이 한자리에 모이길 바라고 있었으니까.

"소림사는 어떻습니까? 소림사의 의도에 대해 장강검문이 어떤 평가를 내렸는지 알고 싶습니다."

진자강의 물음에 남궁원은 다친 팔을 들어 보이며 대답했다.

"소림사는 누구의 편을 들지 않으면서도 강호의 절대적인 여론을 이끌고 있지. 하나 절복종이 득세하게 되었다는 건 이제까지 섭수종이 펼친 정책이 실패하였다는 걸 의미한다. 절복종이 전면에 나섰으니 앞으로는 훨씬 더 적극적으로 개입할 거다."

"정의회의 편을 들지언정 정의회의 졸개가 되진 않겠군요."

"소림사니까."

"하나만 더 묻겠습니다."

진자강은 철산문의 장부를 꺼내 보였다.

"나는 이 장부에서 특이한 점을 찾아내지 못했습니다. 장강검문에서는 알아낸 게 있습니까?"

"아니. 혹시나 네가 알 수 있을까 해서 보낸 거다."

"음."

"중원에서도 수백 개가 넘는 약문이 변고를 당했다. 솔직히 말하자면 우리가 운남의 문파들까지 주목하고 있긴 어려워."

"영파상인은 사천의 큰 상단이라고 합니다. 상단에 대해서는 아는 바가 있습니까?"

"영파상인이?"

남궁원은 무슨 말이냐는 투로 되물었다.

"영파상인은 절강성에 근거를 둔 상단이다. 사천에도 비슷한 상단의 이름이 있다면 모르겠으나……."

찌릿…….

진자강은 가슴 한구석에 불편한 기분이 드는 걸 깨달았다.

괴리감이 들었다.

사천이 아니라 절강?

사천은 중원의 서쪽, 절강은 동쪽 끝에 있다. 위치상으로 극과 극이다.

진자강은 내색하지 않고 대답했다.

"말씀 감사합니다."

"아무튼, 검령은 큰 힘이다. 장강검문에 누를 끼치는 행동은 삼가 줬으면 좋겠군."

"최대한 노력하겠습니다."

남궁원은 그럴 줄 알았다는 듯 수긍했다. 진자강이 남의 말을 잘 듣는다면 독룡이라 불릴 수 있을까.

"또 보자."

남궁원은 해월 진인처럼 가벼운 인사를 남기곤 떠났다.

대개 비밀리에 움직이는 이들의 특성인 듯했다.

진자강은 검령을 만지며 헛웃음을 지었다.

"이보십시오. 뒷일을 맡기지 않겠다더니, 나한테 뭘 주고 간 겁니까."

검령을 봤을 때 남궁원의 표정이 심상치 않았던 걸 보면 이것은 평범한 옥패가 아니라 해월 진인의 신물이나 다름없는 것일 터였다.

진자강은 고개를 절레절레 젓고는 검령을 품에 넣었다.

그러곤 곧바로 움직여 도박장이 있던 중경으로 되돌아갔다.

청성파의 도움을 얻기 위해서였다.

*   *   *

청성파에 연락을 취한 지 반나절도 채 지나지 않아, 진자강이 머물고 있는 숙소로 한 명의 나이 많은 서기가 찾아왔다. 사천 쪽 상회에서 오랫동안 일해 온 경험이 있는 서기였다.

"나는 과거 청성파의 도움을 받은 적이 있네. 그래, 상계에 대해 물어볼 게 있다지?"

"영파상인에 대해 알고 싶습니다. 사천에서 활동하는 영파상인과 절강에 있는 영파상인이 다릅니까?"

"아니, 같다네. 사천에 있는 영파상인은 절강에 근거를 둔 상단이 맞아."

"청성파도 영파상인과 거래를 하였습니까?"

"사천삼강은 원래 모두 민상과 거래했으나, 당가대원만 십 년 전부터 영파상인으로 거래를 바꿨다고 하네. 아마 그때 즈음 영파상인이 사천 운남으로 진출하였을 걸세."

당가까지?

그것도 십 년 전이면 약문과 독문의 혈사가 있기 바로 직전이 아닌가.

십 년 전에 당가와 거래를 트면서 영파상인이 절강에서 사천으로 세력을 확장했다고 생각해도 이상하다.

"절강에 근거를 둔 상단이면 사천과는 아주 멉니다. 얻는 이익에 비해 비용이 많이 들 것 같은데요."

"아마 이런 경우에는 영파상인이라는 이름만 빌려 쓴 걸 거라네."

서기가 설명했다.

"중원의 십대 상방은 세력이 매우 크지만 주로 장강 하류, 그러니까 호북이나 강서 쪽에 많이 위치하고 있어서, 상대적으로 장강 상류인 사천이나 운남 쪽은 상업 활동이 취약하지. 하지만 거리가 너무 머니까 직접 진출하기보다는 지역의 작은 상회들과 손을 잡는 식으로 활동한다네."

"무림총연맹과 비슷한 것 같습니다."

"작은 상회는 대형 상방의 이름을 빌려 쓰면 좋은 점이 많지. 관에 대응하기도 좋고, 무엇보다 자금줄이 탄탄해진다네. 대형 상방에서는 조직망을 전국적으로 늘려 영향력을 높일 수 있으며 특산물 거래에도 큰 이점을 갖게 되지."

"그렇다면, 결국 철산문과 거래한 것은 영파상인의 이름을 단 운남의 지역 상회일 가능성이 크다는 뜻이군요."

"그렇다네. 한 군데일 수도 있고 여러 군데일 수도 있지."

진자강은 철산문의 거래 장부를 두고 생각에 잠겼다.

철산문의 문주 강규는 다른 운남 독문의 문주들과는 달랐다.

—우리도…… 어쩔 수 없었으니까…….

강규가 남긴 마지막 말이다.

그는 분명 무언가를 알고 있었고, 진자강에게 그것을 암시했다.

그러니 철산문에 그와 관련된 증거물이 남아 있을 가능성이 매우 높았다.

그게 아니면 운남 독문마다 돌아다니며 증거를 없앤 자들이 있을 이유가 없고, 북천이 철산문의 장물을 찾기 위해 관군 행세까지 할 필요가 없었다.

그들이 숨기고자 했던 것, 찾고자 했던 것은 과연 무엇일까.

그때 서기가 말했다.

"내가 장부를 좀 봐도 되겠나?"

진자강이 장부를 건네주자 서기는 천천히 장부를 넘겨보았다.

"기록을 보니 삼 년 전에 영파상인과 거래한 내역인데, 아무리 봐도 별다른 내용은 없네."

삼 년 전이 마지막인 게 당연하다. 그 이후에는 철산문이 사라졌으므로 쓸 사람이 없다.

서기가 지나가는 투로 말했다.

"상방은 일 년에 한 번 결산을 하네. 상방에 포함된 모든 상회의 회주들이 회계의 원장부를 들고 본방에 모여 적자와 수익을 보고하지. 그리고 그때에 본방에서는 원장부를 필사해 보관한다네."

진자강은 서기의 말에 퍼뜩 생각이 드는 바가 있었다.

"하면 영파상인의 본방에는 과거의 기록까지 남아 있을 수 있다는 뜻입니까?"

"영파상인의 이름을 썼다면 아무리 작은 상회라도 본방의 회기에 참여하여 보고해야 하네. 틀림없이 있겠지."

진자강은 모든 일들에 하나의 논리가 관통한다는 걸 깨달았다.

해월 진인은 그간 일어난 모든 일들이 이익과 관련이 있다고 했다.

'이익을 보는 자가 있으면, 그들이 배후다.'

철산문이 존재함으로써 이익을 보는 자.

철산문이 약문을 치게 함으로써 이익을 본 자.

십 년 전, 영파상인은 갑자기 사천과 운남 일대에 발을 뻗었다. 단순한 세력 확장이라고 치기에는 시기가 너무 절묘하다. 게다가 보통 문파들은 거래 상단을 바꾸지 않는다고 하지 않았는가. 그런데도 당가에서 거래 상단을 바꾸었다는 건……!

'영파상인에 뭔가가 있을 가능성이 있다.'

절강까지는 먼 길이다.

하지만 확인해 볼 필요가 있었다.

십 년 전을 전후해 영파상인이 운남 쪽이나 사천과 거래한 내용을 찾을 수 있다면, 확인할 수 있는 것이다.

하나.

그 전에 한 가지.

진자강은 마음에 걸리는 일이 있었다.

　　—영파상인은 곤륜파를 비롯한 운남과 사천 지역
　일부를 오가는 큰 상단이지. 철산문이 영파상인을
　이용한 것도 당연한 일인 것 같소이다.

그가 했던 말이었다.

만일 그 말을 믿었다면, 우연히 남궁원에게 영파상인에 대해 듣지 못했다면 아마 진자강은 영파상인에 대한 단서를 찾아내지 못했을 것이다.

절강성에 본방이 있는 영파상인이 철산문과 거래하는 것은 분명 어색한 일이었다. 그런데 그는 철산문이 영파상인을 이용한 게 당연하다고 했다.

심지어 곤륜파가 영파상인과 거래한다는 것도 알고 있었다. 절대로 실수가 아니었다.

절강으로 떠나기 전, 그를 만나 확인해야 했다.

퍼드드득!

전서구가 날았다.

깊은 산으로 들어와 전서구를 날린 표상국은 그제야 한숨을 놓았다.

종남파에 급한 일이 있다고 말해 영운과 소민을 겨우 떼어 놓았다. 영운과 소민이 함께 가겠다고 하는 바람에 시간이 제법 끌렸다.

하지만 둘을 떼어 놓고 전서구를 날리는 데 성공했으니 이제 종남파에서도 철산문과 영파상인에 대해서 알게 될 것이다.

독룡과 독룡의 무공, 그리고 독에 대해서도.

"휴우."

표상국은 다시 한숨을 쉬며 허리춤에서 호리병을 빼 들었다. 안에 든 술을 한 모금 마셨다.

그러면서 잠시 쉬려고 바위에 걸터앉으려는데.

"조마조마했던 모양입니다?"

표상국은 갑자기 들려온 말소리에 온몸에 소름이 돋았다.

그러나 금세 표정을 바꾸고 반갑게 인사했다.

"아니, 진 형!"

진자강이 멀찍이서 표상국을 바라보고 있었다.

표상국이 마른침을 삼키며 너스레를 떨었다.

"진 형이 여기 웬일이오? 장강검문을 만난 일은 잘된 거요? 그리고 사천으로 간 거 아니었소?"

진자강이 대답했다.

"다른 두 사람은 동쪽 호광으로 넘어가서 강서의 무림총연맹으로 갔더군요."

표상국은 종남파가 있는 북쪽의 섬서 방향으로 가고 있었다.

"아아, 나는 본파에 일이 생겨서 급히 돌아가고 있는 중이외다."

진자강은 그럴 수 있다는 듯 고개를 끄덕였다.

"많이 급한 일인가 봅니다."

"그렇소. 무슨 일인지는 모르겠는데 긴급 소집령이 내려와서……."

"그러고 보니, 표 형은 계속해서 정파인임을, 종남파의 협객임을 강조했던 것 같군요."

"갑자기…… 무슨 말이오?"

"하지만 다른 두 사람은 큰 부상을 입었는데 당신은 거의 다치지 않았지요."

"진 형?"

"나병 살수가 천귀의 초대를 가져왔을 때에도. 그의 말을 다 듣지 않고 도중에 머리를 부쉈습니다."

"무슨 말을 하는 거요, 진 형. 그야 당연히 놈들의 악행에 화가 나니까……."

"생각해 보니 의아하다 싶은 징조들이 꽤 있었습니다. 대부분 사소한 행동이었습니다만. 처음부터 독룡을 잡아서 공훈을 올려야 한다고도 했던 것도 표 형이었죠. 본인의 양공이면 독룡의 독이 무용지물이라고 했을 겁니다."

"그야……."

표상국의 얼굴이 일그러졌다.

"이후에도 표 형은 내게 자주 적대감을 드러냈습니다. 어떻게든 내게서 악의적인 허점을 찾으려고 했다고나 할까."

절룩절룩.

진자강이 발을 절며 표상국에게 다가가기 시작했다.

그러면서 입을 열어 나직이 물었다.

"한 번만 묻겠습니다. 왜 내게 영파상인이 사천의 상단이라고 거짓말을 했습니까?"

표상국이 잘 생각이 나지 않는다는 투로 고개를 갸웃거렸다.

"내가 그랬던가……."

표상국이 말을 하다 말고 눈을 일그러뜨렸다.

절룩. 절룩.

진자강이 발을 절며 계속해서 다가오고 있었다.

"말했습니다. 한 번만 묻겠다고. 대답은, 신중히 부탁합니다."

표상국은 움츠러든 표정이었다가 점점 투기를 드러내며 인상을 쓰기 시작했다.

"지금 나를 위협하는 건가? 영운 형님과 민 매가 없다고 내게 본색을 드러낸다 이거지?"

"나는 단지 질문을 했을 뿐입니다."

"날 그렇게 호락호락한 놈으로 생각했으면 사람 잘못 본 거야. 나는 대종남의 제자다. 그깟 위협으로는 나를 굴복시키지 못한다!"

표상국이 고함을 지르며 내공을 끌어 올리곤 주먹을 말아 쥐었다.

진자강은 표상국을 가만히 쳐다보며 다시금 물었다.

"그렇다, 아니다. 그 둘 중 하나를 말하는 것이 그렇게 어렵습니까?"

표상국이 손을 내저었다.

"집어치워! 그런 질문을 한다는 의도 자체가 나를 무시하는 것이다!"

진자강은 열 걸음 정도의 거리를 두고 멈춰 섰다. 아무것도 하지 않고 그냥 표상국을 바라보기만 했다.

표상국으로서는 뭔가를 먼저 하기도 애매하고, 그렇다고 변명을 하는 것도 이상해져서 똑같이 가만히 있을 수밖에 없었다.

표상국은 내공을 끌어 올리고 공격에 대비했다. 하지만 일다경이 넘도록 진자강은 아무것도 하지 않았다.

물론 그것만으로도 표상국은 압박을 느꼈다. 이마에 땀이 맺혀 흘렀다.

"뭐, 뭐…… 뭐 하자는 거야. 지금 장난해?"

"장난이라고 했습니까? 표 형은 이게 장난으로 보입니까?"

그 순간 표상국의 팔과 목덜미에 갑자기 소름이 돋았다.

절룩. 절룩.

진자강이 한 걸음 한 걸음 다가오고 있었다.

발을 절며 다가오는 게 이리도 공포스러운 일인지 처음 알았다.

바로 코앞까지 다가온 진자강이 말했다.

"지금껏 대답하길 기다려 준 겁니다."

이미 장시간 압박에 시달려 있던 표상국은 더 이상 참지 못하고 자기도 모르게 먼저 주먹을 뻗었다.

"으아아아!"

종남무적권!

명백히 살의를 가진 주먹이었다. 진자강의 얼굴을 단숨에 박살 낼 만한 내공이 담겨 있었다.

하나 강한 힘을 품은 표상국의 권이 진자강의 얼굴을 뚫고 지나갔다.

훅!

잔상이 일그러졌다.

"이형환위!"

진자강이 이런 상승의 보법을 쓰는 건 그동안 본 적이 없었다.

표상국은 명문 정파의 제자답게 공격을 헛쳤는데도 곧바로 절묘하게 중심을 잡고 권을 회수했다. 그러면서 몸을 돌리며 주먹의 등으로 뒤쪽을 후려쳤다.

부우웅!

등 뒤쪽에서도 진자강의 잔상이 권이 일으킨 권풍에 흩어졌다. 그러면서 진자강이 뒤로 훌쩍 뛰어 물러서는 게 보인다.

대개 물러서는 쪽은 늘 공방에서 불리하다. 진자강의 실력이 이미 자신보다 높다는 걸 알고 있는 표상국은 이 기회를 놓치지 않기 위해 뒤로 물러서는 진자강을 쫓았다.

팔을 당겨서 최대의 내공을 응축했다. 그러곤 물러나는 진자강을 향해 일권을 날리려는 찰나.

턱.

진자강과 부딪쳤다.

"……!"

표상국이 쫓고 있던 진자강의 잔상은 뒤로 뛰어 달아나는 자세로 멈춰 있다가 흩어져 사라졌다.

그리고 진짜 진자강은 표상국의 앞에 서 있는 것이다. 표상국의 턱에 진자강의 머리가 닿아 있을 정도로 가까이.

진자강이 천천히 고개를 들어서 표상국을 올려다보았다.

마침내 진자강이 살기를 뿜었다.

피부가 전부 찢겨 나갈 듯한 거친 살기였다. 표상국은 살기를 해소하기 위해 얼른 혀를 깨물고 피를 냈다.

그런데도 살기가 얼마나 지독한지 진자강의 눈만 보였다. 번들거리는 눈빛 외에 다른 건 눈에 들어오지도 않았다.

표상국은 떨리는 모습을 들키지 않기 위해 이를 악물었다.

야수가 자신의 가슴에 고개를 들이밀고 날카로운 이빨 사이로 혀를 내밀어 핥는 듯한 착각이 들었다.

꿀꺽, 하고 표상국이 마른침을 삼키는 순간.

배에서 뭔가가 터졌다.

투학!

항거할 수 없는 힘이 표상국을 날려 버렸다.

"우아앗!"

표상국은 훅 떠밀려 날아갔다.

쾅!

비틀린 듯 기형적으로 자란 커다란 소나무에 등을 세차게 부딪쳤다.

그러고서야 정신을 차리고 앞을 보니, 일 장도 넘게 떨어진 거리에서 진자강이 가만히 서서 손을 들고 있었다.

잠깐 사이에 일 장이나 날려진 것이다.

"무, 무슨 장법이……."

말을 하는데 뜨끔 하더니 가슴이 아파 왔다. 갈빗대에 금이 간 모양이었다.

절룩, 절룩!

진자강이 다시 표상국을 향해 걸어왔다. 찌르는 듯한 살기가 표상국을 위축시켰다.

놀란 표상국의 눈이 커졌다가 인상을 쓰는 바람에 다시 가늘어졌다.

표상국은 가슴을 붙들고 이를 갈았다. 주먹을 말아 쥐고 기다렸다. 그러곤 다가오는 진자강을 향해 주먹을 뻗었다. 주먹이 세 갈래로 갈라져 진자강의 관자놀이와 인중, 눈을 노렸다.

진자강은 왼 손바닥을 앞으로 내밀었다.

터터틱!

범몽 대사의 백보신권도 받아 낸 왼쪽의 탁기다. 표상국의 주먹은 허무할 정도로 쉽게 진자강의 손바닥에 막혔다.

진자강은 바로 오른손을 내밀어 표상국의 배 앞에 두었다. 네 개의 둑만 이용해 몸을 살짝 낮추며 축경하고, 점을 찍듯이 손끝으로 밀며 발경했다.

투학!

내공을 일으켜 반탄력으로 진자강을 밀어내려 했지만 소용없었다.

표상국은 바로 뒤 소나무에 그대로 다시 부딪쳤다. 날아간 거리가 채 한 걸음도 되지 않아서 등으로 고스란히 충격이 되돌아왔다.

와작! 소나무의 굵은 껍질이 으깨져 파편이 되어 사방으로 튀었다.

"끅……."

등짝이 부서지는 듯한 통증과 함께 표상국은 앞으로 고꾸라지려 했다. 진자강이 손을 내밀어 표상국의 가슴을 받쳤다.

"이이익!"

표상국은 어금니를 깨물고 팔꿈치를 들었다. 위에서 아래로 진자강의 어깨를 내려찍었다. 짧은 거리에서 쇄골을

박살 내고 늑골을 가르며 심장까지 갈라 버리는 종남무적
권의 절초 고주절견(刳肘折肩)이다.

투학!

표상국의 팔꿈치가 그어진 순간 진자강의 촌경이 함께
작렬했다.

표상국은 형틀에 묶인 것처럼 대자로 팔다리를 뻗은 채
소나무에 거의 붙다시피 떠밀렸다.

진자강도 어깨에서부터 복부까지 가느다란 혈선이 생겼
다. 날카로운 절초였다. 촌경이 조금만 늦었다면 진자강도
치명상을 입을 수 있었다.

표상국은 그 와중에도 기어코 왼손을 뻗어 진자강의 머
리를 잡았다. 표상국은 내공을 모아 진자강의 머리를 터뜨
리려 했다.

투학! 투학!

표상국의 등이 완전히 나무에 밀착된 상태에서 촌경이
거듭 작렬했다.

우직. 우직.

표상국의 몸이 움찔움찔 떨렸다. 입에서 굵은 핏물이 흘
러내렸다.

표상국의 등이 처박힌 부분에서 소나무의 껍질이 바스러
지며 떨어졌다.

표상국이 다리가 풀려 앞으로 넘어지려는 걸 진자강이 손으로 밀어 나무에 기대게 했다.

"표 형."

"……."

"다시 한번, 부탁합니다. 차라리 몰랐다고 대답해 주십시오."

"멍청한 소리……."

표상국이 진자강을 비웃었다.

"그럼 믿어 줄 건가?"

"어쩌면."

"그런 일은 없어……."

"왜 그랬습니까. 대놓고 아니라고 말할 수 없는 정도의 자존심이 있었다면, 차라리 처음부터 거짓말을 하지 말지 그랬습니까."

"독룡……."

표상국은 피를 흘리면서도 입가에 웃음을 띄웠다.

"참…… 희한하지. 냉정한 것 같으면서도 정이 깊어 보이다니. 독룡과 진 형은…… 의외로 어울리지 않는 둘이었군."

큭큭 웃은 표상국이 핏물을 게워 냈다.

"그따위로 여리게 구니까 나 같은 놈에게 배신을 당하잖나."

"표 형."

"수라혈을…….."

표상국이 거듭 코와 입에서 피를 뿜고선 말했다.

"내게 수라혈을 써 준다면, 대답하겠다."

"누군가에게 남겨 주고 싶은 겁니까?"

표상국은 입을 다물었다. 수라혈이 유일한 조건이라는 뜻이다.

진자강은 천천히 손가락을 깨물어 독액을 빼낸 후 침에 독을 묻혔다. 그런 뒤 표상국의 허벅지에 침을 박았다.

뜨끔.

표상국은 입을 닫고 진자강을 노려보았다. 진자강은 기다려 주었다. 얼마 지나지 않아 표상국의 눈이 떨렸다. 표상국은 자신의 손을 내려다보았다.

손목에 꽃이 피었다.

빨간 멍이 든 것처럼 다섯 장의 겹꽃잎을 가진 꽃이다.

죽음의 꽃, 적멸화…….

수라혈의 독이 퍼지기 시작했다는 징후였다.

"이제 말하십시오. 누구를 위해 한 일입니까."

"진 형은 바보군."

표상국이 대답했다.

"나는 종남의 제자다. 누구를 위해서라니. 당연히 우리 종남파지."

"종남파…… 가?"

"무슨 대답을 기대했는지 모르지만…… 우리 종남은…… 장강검문과 다른 길을 걷고 있다. 아마…… 이번에도 정의회 쪽으로 붙게 될 거야."

"금강천검!"

진자강은 가슴이 서늘해졌다.

"종남은 예전부터 백리 대협을 밀어 왔다. 하지만 금강천검은 진 형의 원수잖은가……. 거기다 장강검문과 연을 맺었으니…… 애초에 진 형과 나는 적이 될 수밖에…… 없는 사이였던 거지……. 아마 지금이 아니더라도…… 언젠가 칼을 맞대었을……."

카악! 표상국이 엄청난 양의 피를 토하면서 사시나무처럼 몸을 떨기 시작했다.

"그게 다야. 나는 조금이라도 종남에 이익이 될 일을 하고 싶었다. 크윽! 영파상인이란 말을 듣는 순간 뭔지 몰라도 이상하단 건 알았지. 진 형을 보니 모르는 눈치고…… 끄윽…… 그래서 헤매게 만들어 우리가 먼저 찾을 생각…… 끅."

결국 표상국은 해월 진인이나 진자강이 찾고 있던 그들과는 직접적인 관계가 없었던 셈이다.

표상국의 얼굴이 고통으로 잔뜩 일그러졌다. 하지만 웃었다.

전신에 꽃이 피었다. 고통 또한 이루 말할 수 없이 끔찍했다.

"수라혈……! 정말, 엄청나군. 진 형에겐 미안하지만, 내 몸에 남은 이…… 독은 우리 종남에 좋은 선물이 될 거야……."

"그 정도의 자신 없이 쓴 게 아닙니다. 거래였으니 미안해하지 마십시오."

이제 표상국은 바지도 피로 젖었다. 내장이 녹아서 항문으로 흘러내리고 있었다.

표상국은 얼굴이 시뻘게져서 진자강의 어깨를 손으로 잡았다. 어깨를 꽉 잡고 버티면서 말했다.

"아아…… 맞아…… 그것 알려 주기로 약속해 놓고……."

"무얼 말하는 겁니까?"

표상국은 억지로 기운을 짜내 소리쳤다.

"중경 도박장에서 연전연승할 수 있었던 비법! 빨리 대답해…… 듣지 못하고 죽으면 억울할 것 같으니까."

목소리에서 점점 힘이 빠져갔다. 눈까지 피가 차올라 동공이 커지고 있었다.

진자강은 웃어야 할지 말아야 할지 모르는 표정으로 대답했다.

"종이로 만드는 투전의 패에는 그림이 그려져 있지요. 그 그림 그리는 사람을 타자(打子)라고 부릅니다."

"아아."

"내게 천지발패를 가르쳐 준 스승은 뛰어난 타자였다고 합니다. 수년 동안 잠도 안 자고 수만 벌의 종이 패를 만들어 그림을 그린 후에 중경에 잔뜩 풀었다더군요."

"이런……."

"지금 쓰이고 있는 종이 패는 거의 대부분이 스승이 만든 패라고 합니다. 그림이 없는 뒤쪽에 자신만이 아는 표시를 해 두고 말입니다."

표상국은 짜증 나는 얼굴을 했다.

"제기랄…… 역시 사기였군. 그, 그, 그렇지 않고서야 그리 이길 리가! 끄으윽!"

표상국은 끔찍한 고통을 호소하며 몸을 뒤틀었다. 입에서 피거품이 나오고 눈마저 녹기 시작했다.

진자강은 표상국의 가슴에 손을 가져다 댔다.

"잘 가십시오, 표 형."

"끄으으으아아!"

표상국은 마지막 힘을 짜내어 진자강의 머리를 주먹으로

쳤다. 그것은 살의가 담겨 있다기보다는, 진자강의 마음을 편하게 하기 위한 일종의…… 배려였다.

진자강은 눈을 감고 육광제의 전력을 다해 촌경을 사용했다.

투학!

얼굴에 피가 튀었다.

표상국의 배에 커다란 구멍이 뚫리며 굵은 소나무 기둥이 함께 터져 나갔다. 소나무 윗동이 옆으로 넘어가고, 내장이 철벅거리며 바닥에 떨어지는 소리들이 들려왔다.

진자강은 서서히 눈을 떴다.

처참한 광경이 눈에 들어왔다.

그는 정말로 죽을 만큼의 죄를 저지른 것일까?

사실상 표상국의 훼방은 그리 대단하지 않았다. 진자강이 만난 자들에 비하면 우스울 만큼 어설펐다.

하지만 표상국은 자신과 사문인 종남의 이익을 먼저 생각하고, 이익 때문에 진자강을 배신했다.

심지어 본인이 스스로 잘못하고 있다는 걸 충분히 인지하고 있었다. 오죽하면 진자강의 질문에 그렇다, 아니다를 끝까지 답하지 못했을까.

협객으로서 행해야 할 일과 자파의 이익, 그 사이에서 얼마나 심한 자괴감을 느꼈는지 알 만하다. 수시로 입에 협객이란 말을 담은 것도 표상국의 불안한 마음을 반증한 것이리라.

그래서 결국, 그는 스스로 죽음을 택했다.

해월 진인이 이를 두고 '오염'이라 부른 것은 실로 적절한 표현이었다.

대의를 잃고, 오염된 협에 물든 강호…….

아무것도 모른 채 오염된 협에 따라 움직이는 무인들…….

해월 진인이 찾는 이들은 사람을 직접적으로 조종한 게 아니다. 모습을 전혀 드러내지 않은 채 싸움을 유도해 서로 상잔(相殘)하게 만들고 있다.

지독히도 간악하고 지독히도 비열한 작자들이다.

우드득!

진자강은 부서져라 이를 갈았다.

"당신들."

진자강이 돌연 손을 들더니 표상국의 시체 위에 수라혈을 몇 방울 떨어뜨렸다.

뚝, 뚝.

그러곤 주변에도 수라혈을 흩뿌렸다. 주변이 금세 독기

로 가득해졌다.

진자강이 천천히 입을 열었다.

"당신들, 내가 반드시 찾아냅니다. 진인이 실패하더라도 나는 당신들은 결코 놓치지 않을 겁니다. 대가를 치르지 않고는, 지옥에서조차 나를 만날 각오를 해야 할 겁니다."

第六章

격정의 시대

영운과 소민은 무림총연맹으로 가다가 비보를 듣곤 중경
으로 되돌아왔다.

이미 종남파와 중경의 정파 무인들 몇몇이 현장에 와 있
었다.

하나 종남파가 현장을 통제하고 있어 더 이상 다가갈 수
없었다.

영운과 소민이 부탁했다.

"비켜 주십시오! 표 아우와는 같은 묘랑대 소속입니다."

종남파 제자가 곤란하다는 투로 고개를 저었다.

"가까이 가면 안 됩니다."

"제발 들어가게 해 주십시오! 표 아우가 맞는지 확인해 봐야 합니다!"

"독기가 퍼져 있어 위험합니다. 매우 지독합니다. 근처에 다가갈 수가 없어요."

독이라는 말을 듣는 순간 영운과 소민은 얼굴이 하얗게 질렸다. 종남파의 무인들이 거의 십여 장에 걸쳐서 접근을 막는 중이었다.

영운과 소민은 최대한 고개를 틀어 안쪽의 상황을 살폈다.

두꺼운 소나무 기둥이 터져 나간 광경, 사방에 흩뿌려진 피와 내장 그리고…… 허리가 사라져 상반신이 분리된 누군가의 시체.

등줄기에서 솟은 불안감이 머리 꼭대기까지 올라왔다.

"확인해야 합니다. 확인해야 한단 말입니다!"

영운의 부르짖음에 누군가가 대답했다.

"표상국이가 맞다."

종남파의 오십 대 무인이었다.

그는 유일하게 통제 구역의 안쪽에 서 있는 이였다.

반달형 눈썹에 눈은 떴는지 감았는지 모를 정도로 작으며, 눈 끝은 내려가 있고 입꼬리와 광대뼈는 완만하게 올라가 있어 전체적으로 푸근하게 웃고 있는 듯한 인상이었다.

때문에 지금의 상황과 매우 어울리지 않는 표정을 짓고 있는 듯 보였다.

종남파의 고수 인자협(仁慈俠) 불기.

그가 얼마나 대단한 무인인지는 남들이 가까이 다가가지 못하는 독의 영역에 서 있는 것만 보아도 알 수 있었다.

"인자협 선배님……."

영운이 떨리는 손으로 포권했다.

인자협 불기가 뒷짐 지듯 양손으로 수수한 장검을 뒤로 하여 든 채 영운을 보고 고개를 끄덕였다.

"네가 무당파의 인호로구나."

"거, 거기 있는 주검이…… 정말 표 아우가 맞습니까?"

"그렇구나."

"표…… 아우…….."

영운은 멍하게 서 있었고, 소민은 입을 틀어막은 채 주저앉았다.

표상국이 죽었다는 사실을 도저히 믿을 수가 없었다.

소민이 도리질을 했다.

"아닐 거예요. 아닐 거예요. 표 오라버니가 아닐 거예요. 저는 못 믿겠어요."

인자협 불기가 인정하지 못하는 소민을 보며 고개를 저었다.

"가련하게도······ 믿기 어려운 게 당연하다. 누구라도 그럴 수 있지."

불기의 위로하는 말에 소민은 마침내 울음을 터뜨리고 말았다.

영운이 마른침을 삼키며 물었다.

"독룡의 짓입니까?"

"그렇게 보이는구나."

불기가 시체를 향해 몇 걸음을 다가가다가 멈췄다. 표상국의 시체와 대여섯 걸음의 거리를 둔 채였다.

표상국의 시체 근처에는 새와 짐승들도 죽어 있었다.

"날아가던 새가 떨어져 죽었고, 지나가다가 냄새를 맡은 산짐승도 죽었다. 사방에 뿌려진 이것이, 독룡의 독인 수라혈이겠구나."

"왜······."

영운도 믿지 못했다.

"하, 하지만 수법이 다릅니다. 독룡은 탈혼사와 수라혈을 씁니다. 이런 내가중수법은 독룡의 수법이 아닙니다."

"아무렴, 그렇게도 생각할 수 있지."

"제가 옆에서 보아 압니다. 진 형은 그럴 사람이 아닙니다."

"진 형?"

불기의 눈썹이 살짝 찌푸려졌다. 그러나 이내 풀어지면서 불기가 고개를 끄덕였다.

"그래. 그럴 수 있지."

"선배님! 외람되오나, 분명히 사정이 있었을 겁니다."

"사정이라…… 그렇게 생각할 수 있지. 무당파의 인호라 그런지 마음이 너그럽구나."

"선배님, 그런 뜻이 아니오라……."

"괜찮다. 그럴 수 있어."

인자협이 끄덕이며 말했다.

"하지만 의문이 남는구나. 독룡은 상국이가 죽기 전에 장강검문을 만났다. 그것이 과연 우연일까?"

"예?"

"그리고 상국이의 몸에는 울긋불긋 꽃이 피어 있구나. 말해 보아라. 이건 적멸화라는 수라혈의 중독 현상이 아니냐?"

적멸화!

영운은 더 이상 아무 말도 할 수가 없었다. 적멸화야말로 수라혈의 가장 직접적인 증거였다.

소민이 울먹이며 말했다.

"진 소협은 그럴 만한 사람이 아니에요."

"그럴 수 있지. 하지만 내가 보기엔 독룡이 맞는 것 같구

나. 피 묻은 발자국이 일정하지 않은 걸 보면, 범인은 절름발이란다."

영운이 퍼뜩 생각난 게 있어 말했다.

"수라혈이 사방에 뿌려져 있다고 하셨습니까? 진 형은 수라혈을 그런 식으로 쓰지 않습니다!"

"그렇구나. 그럴 수 있지. 그런데 이건 말이다. 일종의 경고다."

"경…… 고?"

"자신이 죽였다고 일부러 드러낸 거란다."

"그걸 굳이 드러낼 이유가 있습니까……?"

영운은 말을 하다가 처참한 표상국의 시체를 보고 끝말을 제대로 잇지 못했다.

"독룡은 상국이를 통해 우리에게 자신이 하고 싶은 말을 전한 것이야."

"무슨 말을요?"

"상국이는 죽기 전에 전서구를 날려 독룡에 대해 알려 주었다. 상국이를 죽임으로써 자신의 일에 간섭하지 말라는 경고. 아니, 이쯤 되면 경고가 아니라 선전 포고인 셈이구나."

"선배님! 진 형에 대해서는 우리도 알 만큼 압니다. 만일 그런 의도가 있었다면 우리도 죽였을 겁……."

그 순간 갑자기 불기의 모습이 사라졌다.

훅! 하는 바람과 함께 영운의 앞에 불기가 나타났다. 웃는 표정이었던 불기의 가느다란 눈이 떠지며 잔뜩 핏발이 선 혈안이 드러났다.

소름 끼치는 살의가 뿜어졌다.

펑!

영운이 가슴에 장풍을 맞고 뒤로 나동그라졌다. 불기가 뒷짐을 지고 있다가 불시에 일장을 날린 것이다.

"우악!"

영운은 피를 한 덩이 토해 냈다. 단순히 겁을 주기 위함이 아니라 살의가 담겨 있었다!

소민이 급히 영운을 부축했다. 영운이 피를 흘리며 믿을 수 없다는 표정으로 불기를 올려다보았다.

"서, 선배님!"

영운과 불기는 공교롭게도 둘 다 어질 인(仁) 자를 별호로 쓰고 있으나 내용에 있어서는 완연히 달랐다.

불기는 남들에게 싫은 말을 하지 않는 것으로 유명했다. 그러나 한번 손을 쓰면 누구도 말리지 못했다. 상대가 누구든 끝장을 보았다.

하여 불기를 아는 이들은 저절로 그의 앞에서 공손해졌다. 애초에 불기는 화를 낼 일이 없어서 인자협이 되었던 것이다.

본래부터 성품이 어진 영운과는 다르다.

하지만 영운은 끝까지 설득했다.

"제가 알아보겠습니다! 무당의 명예를 걸고 무슨 일이 있었는지 반드시……."

"그럴 수 있지. 그런 말을 할 수 있지."

불기가 혈안을 뜬 채로 말했다.

"하지만 독룡은 장강검문과 손을 잡았고, 상국이의 주검에는 수라혈을 잔뜩 뿌려 놓았다. 더 무슨 확인이 필요한 것이지? 네 눈에는 종남이 이런 꼴을 당하고도 닥치고 있을 정도로 우습게 보이느냐?"

"그게 아닙니다!"

"그럴 수 있지. 아무렴, 그렇게 생각할 수 있어. 그런데 말이다. 방금 네가 말해서 떠올랐는데."

불기가 웃고 있는 듯한 입술 모양으로 살기를 드러내곤 말했다.

"너는 무당파로구나? 장·강·검·문에 소속된."

불기가 다시 달려들어 영운을 발로 찼다. 소민이 입술을 꽉 물고 몸으로 앞을 가로막았다. 불기가 한 손은 검을 들고 뒷짐을 진 채 다른 손으로 소민의 어깨를 잡았다. 소민이 금나수로 불기의 손을 막으며 방해했다.

불기는 소민의 오금을 차고 뒷덜미를 눌러서 제압한 후

빙글빙글 돌려서 옆으로 밀었다. 소민은 천근추의 수법으로 버티려 하였으나, 불기는 교묘하게 소민을 앞뒤로 흔들어 중심을 잃게 하고 간단히 밀어냈다. 소민은 휘청거리면서 뒷걸음질을 치다가 주저앉았다.

방해자가 없어지자 불기는 바로 달려가 영운을 걷어찼다.

무릎을 꿇고 엎어져 있던 영운은 급하게 손으로 막았다. 태극권의 추수로 불기의 발을 고정시키고 몸에서는 힘을 빼 불기의 공격을 흘리려 했다.

불기가 발목을 비틀었다. 영운의 손이 벌어지며 손 사이로 불기의 발끝이 파고들었다.

우두둑!

늑골이 부러졌다.

불기는 곧바로 발끝을 당겨 발꿈치로 영운의 가슴을 내질렀다. 눈 깜짝할 사이에 벌어진 변화를 영운은 채 따라가지 못했다.

펑!

발에 실린 힘이 상당했다. 영운은 열 바퀴도 넘게 굴러서 나가떨어졌다. 늑골이 다수 부러지고 내장이 엉망이 되었다. 내상이 극심했다.

영운은 덩어리진 피를 몇 번이나 토해 냈다.

"서, 선배님……!"

불기가 검집을 들어 일어나지도 못하는 영운을 가리켰다.

"가거라. 오늘은 살려 주마."

영운은 피와 침이 섞인 얼굴을 닦을 생각도 못 하고 온 힘을 다해 소리쳤다.

"무슨 말씀이십니까! 무당과 종남파는 적이 아닙니다!"

불기는 혈안을 감추고 본래의 표정으로 돌아왔다.

웃는 듯, 인자한 표정.

그러나 내뱉은 말은 이번에도 표정과 달랐다.

"이 순간부터 적이다."

영운은 망연자실했다.

불기는, 종남파는, 기다렸다는 듯 돌아섰다.

*　　　*　　　*

"종남파가 정의회에 가입하겠다는 뜻을 알려 왔습니다."

심학이 기어들어 가는 목소리로 보고했다. 그 뒤에 초조한 표정으로 망료를 쳐다보았다.

"진짜로…… 고문이 말한 대로 됐구려."

망료가 껄껄 웃으며 말했다.

"종남파는 원래 검각주의 편이었잖소. 적당한 명분만 주면 다 오게 되어 있소이다."

"끄응. 뭐 종남파는 그렇다 쳐도 장강검문이 그렇게 쉽게 갈라질 줄이야……."

망료가 한 것은 정의회의 이름으로 장강검문의 소속 문파들을 압박한 것뿐이었다. 그것으로 장강검문에서 제갈가와 모용가, 강동 삼대 검파 등이 정의회로 옮겨 왔다.

"아무리 그래도 해월 진인을 따르던 자들이 장강검문을 탈퇴하는 건 좀 이해가 안 간단 말이오."

"대외적으로 해월 진인의 뜻을 따르는 건 우리란 말이오. 장강검문이 아니라. 해월 진인은 장강검문과의 관계를 부정해 왔으니까 적통에 대한 명분은 오히려 우리에게 있는 셈이지."

"하지만 해월 진인이 살아 있는데……."

"해월 진인이 멀쩡하게 살아 있다는 건 우리나 알지. 강호에서는 모르잖소. 괜히 망해 가는 장강검문에 붙어 있다가 된서리를 맞을 수 있으니, 다들 눈치를 보다가 대세로 옮겨 가는 거요."

망료가 백리중을 보며 말했다.

"대세가 된 걸 축하하외다."

백리중은 냉담했다.

"아직 부족해."

"그렇지. 그럼 이제야 내가 나설 때가 된 것 같구려. 그간 좀이 쑤셔 죽을 뻔했소이다. 쓸 만하고 믿을 만한, 하지만 아무 때나 버려도 괜찮을 만한 놈들을 내어 주시오."

심학이 당황하며 손을 내저었다.

"아니, 무림맹주를 암살하려던 자가 전면에 나서서 뭘 하겠다고! 그것만큼은 절대 반대요!"

망료가 태연하게 말했다.

"대세가 되긴 했지만 검각주의 영향력은 아직 약하오. 말로는 무력행사를 하겠다 했지만 직접 무력을 쓰기엔 부담이 많지. 곧 주제도 모르고 날뛰는 것들이 생길 거요."

"그럼 어쩌려는 거요?"

"말을 안 듣는 놈들은 패야지."

"그러니까! 그걸 댁이 하면 안 된다고!"

백리중이 심학의 말을 잘랐다.

"무슨 생각이지?"

망료가 웃었다.

"정의회의 추종 세력을 하나 만들 셈이외다?"

심학이 어이없다는 투로 망료를 쳐다보았다.

망료가 껄껄 웃었다.

"미친개들이 날뛰어 주어야 '어이쿠, 뜨거워라!' 하면서

데이지 않으려고 움직이는 법이오. 염병할 홍영단 때문에 가뜩이나 미칠 지경이니까, 아마 제대로 미친놈처럼 날뛸 수 있을 거요."

*　　　*　　　*

"멍청한 문둥이 놈들."

당청이 내뱉은 욕지거리에, 복면을 하고 와 있던 나병 살수가 고개를 들어 당청을 쳐다보았다. 나병 살수의 눈빛이 반항기로 물들었다.

당청이 이를 씹으며 말했다.

"한 번만 더 그딴 눈깔로 나를 쳐다보면 눈을 뽑아서 개에게 던져 버릴 줄 알아. 일개 전령 주제에 감히 내게 눈을 부라려?"

나병 살수는 이를 꾹 물면서 고개를 숙였다.

"본인이 독룡을 얕보면 안 된다고 충분히 주의를 주었거늘. 천면범도는 어찌하여 일을 이따위로 처리한 거야!"

당청은 너무 노해서 목소리까지 떨렸다.

나병 살수가 이를 물고 잇새로 내뱉듯 말했다.

"천귀께서 직접 나섰으나 돌아오지 못했습니다. 우리 나 살돈은 최선을 다했습니다."

천귀는 나살돈의 이인자로 당청도 본 적이 있다. 천귀를 잃음으로써 나살돈은 전력의 반을 잃은 거나 다름없는 셈이 되었다.

"아직은 아니지."

"네?"

"나살돈의 가장 강력한 검이 아직 남아 있잖나. 나살돈의 총수, 천면범도 노관!"

총수더러 나서라는 것은 나살돈의 모든 것을 걸라는 것과 다름없는 뜻이다.

"하지만 그렇게 되면……."

나살돈의 격이 떨어진다. 독룡과 총수가 같은 급으로 취급되는 것이다. 심지어 총수가 실패하기라도 한다면 나살돈은 최악의 상황에 처하고 말 터였다.

해체.

다른 독문들에게 이권 사업을 전부 빼앗기고 갈가리 찢어져 흡수될 게 분명하다.

나병 살수는 무릎을 꿇고 가져온 상자를 내밀었다.

상자의 뚜껑을 열어 보이자 안에는 금원보라 부르는 둥그런 모양의 금괴들이 가지런히 들어 있었다.

"독문 육벌(六閥)의 규칙에 따라 사례금을 되돌려드리고 배상금 열 배를 지불합니다."

"흥."

당청은 보기도 싫다는 듯 상자를 발로 찼다.

묵직한 상자가 옆으로 쭉 밀려서 누군가의 발치에까지 도달했다.

어깨와 허리가 구부정한 노인이 발끝으로 상자를 걷어 올렸다. 상자가 튀어 올라 노인의 어깨에 걸쳐졌다. 노인은 붕대를 감은 손으로 상자를 잡았다.

상자의 무게가 상당한데도 노인의 어깨는 조금도 눌리지 않았다.

노인이 나병 살수를 향해 말했다.

"끌끌. 나살돈의 명성이 애송이 하나 때문에 가려졌군. 하면 이번 일은 우리 빈의관(殯儀館)에서 맡도록 하지."

빈의관! 나살돈과 마찬가지로 독문 육벌에 속하는 독문 일파다.

빈의관이 대신 나섰으니 이제 나살돈의 역할은 끝났다. 나병 살수는 노인과 당청을 향해 고개를 숙이고는 뒷걸음질로 물러났다.

당청이 혀를 차며 말했다.

"영현사(英顯師). 놈을 죽일 방법은 생각해 두었나?"

빈의관의 관주 영현사는 특이하게도 양손을 모두 붕대로 감고 있었는데, 피식하고 웃으며 되물었다.

"사람 하나 죽이는 데 방법까지 필요한가?"

당청의 좁은 이마가 찌푸려지며 주름살이 늘어났다.

"이번엔 더더욱 조심해야 할 거야. 놈은 예전보다 훨씬 강해진 게 틀림없어."

"죽음은 귀천을 가리지 않고 모두에게 평등하지. 천하제일의 고수라 하더라도 찾아오는 죽음을 피할 수는 없는 법이야."

빈의관은 죽음의 이름.

죽은 자를 위해 살아가는 자들이 모여 만들어진 곳이다.

영현사가 진지하게 말했다.

"놈을 위해 송진과 기름을 잘 개어 바른 오동나무 널을 준비하겠네. 가시덩굴로 만든 염포(殮布)로 감싸 놈을 산 채로 납관(納棺)하고 결관삭(結棺索)을 매겠네. 죽어서도 빠져나올 수 없는 깊은 늪의 바닥까지 하관하여 황천으로 향하는 길조차 헤매도록 만들겠네. 놈이 열반에 들지 못하고, 인세의 번뇌와 고통이 저승에서조차 내내 놈을 따라다니도록 만들겠네."

소름이 끼칠 정도의 저주가 담긴 말이었다. 그러나 그것이 영현사에게는 결의를 다지는 의식과도 같은 것임을 당청은 알고 있었다.

당청이 그제야 조금 마음이 놓인다는 듯 표정을 풀었다.

"놈의 명복을 빌지. 최악의 명복이 되기를."

영현사는 무뚝뚝한 표정으로 대꾸했다.

"염왕. 기다리시게. 내 최고의 부고장을 들고 오겠네."

* * *

절강으로 가기 위한 경로에는 크게 세 가지가 있다.

잘 닦인 관도를 타고 하남으로 올라가 절강으로 내려가는 방법.

호광성을 직선으로 통과해 가는 방법.

장강을 따라 수상으로 가는 방법.

하지만 하남성은 소림사가, 호광성은 무림총연맹의 본단이 있는 강서를 지나야 하는 위험이 있었다.

진자강은 뱃길을 선택했다.

물에 익숙하지 못한 진자강으로서는 선상이 위험하고, 경로가 뻔해 위험하다. 그러나 움직일 수 있는 공간이 좁은 배의 특성상 적을 만나더라도 독을 쓰는 진자강이 유리할 수 있었다.

진자강은 청성파에 연락을 취했다. 지금까지의 일에 대해 경과를 알리고 도움을 받아야 했다.

진자강이 기다리고 있는 장강의 나루터로 청성파가 찾아왔다.

오랜만에 복천 도장과 운정이 함께였다. 두 사람은 떠돌이 생활을 하고 있었기 때문에 등에 짐을 지고 지팡이를 짚은 채였다.

운정이 진자강을 보자마자 눈을 붉히며 화를 냈다.

"독룡 도우. 도대체 왜 그런 겁니까?"

진자강은 인사도 전에 화를 내는 운정을 가만히 쳐다보았다.

"종남파는 많은 사람들에게 존경받는 문파입니다. 그런데, 그런데 왜 잘못도 없는 종남의 제자를 끔찍하게 죽인 겁니까?"

복천 도장이 운정을 말리지 않는 걸 보면 복천 도장 역시 궁금했던 모양이었다.

"자리를 옮기자."

진자강은 손님이 거의 없는 다관으로 두 사람을 데려갔다.

진자강은 해월 진인에 대해 어디까지 두 사람에게 말해야 할지 잠시 생각했다. 해월 진인은 맹 내에서 요양하는 것으로 되어 있으니 함부로 발설할 수가 없다.

아마 장강검문 내에서조차 일전에 만난 남궁원과 무당파, 형산파의 무인 정도만이 해월 진인의 행보를 알 가능성이 컸다.

"독룡 도우!"

운정을 제지하고 복천 도장이 말했다.

"있는 그대로를 말하되, 말하기 곤란한 일이면 아예 하지 마라. 네가 한 일이 맞느냐?"

"그렇습니다."

진자강이 할 말을 고르다가 물었다.

"도장께서는 해월 진인에 대해 어디까지 알고 계십니까."

복천 도장이 인상을 쓰며 생각에 잠겼다가 대답했다.

"솔직히 말하자면…… 너도 알다시피 해월 진인의 총애를 받던 금강천검과 무암 사형의 사이가 나쁜 편이었지 않으냐. 무림총연맹에도 가입하지 않았지. 거의 아는 바가 없다고 보면 된다."

"그럼 못된 생각을 품고 강호를 쥐락펴락하려는 세력이 있다는 말은 들어 보셨습니까?"

"그런 세력이야 강호의 역사에서 늘 존재했고, 언제 어느 때에든 있었느니라. 지금도 어딘가에서 음모를 꾸미는 놈들이 있다고 해도 대수로운 일은 아니지."

아무래도 무위자연(無爲自然)을 지향하는 도문의 성격이 강한 청성파는 진자강에게 큰 도움이 되지 않았다.

이런들 어떠하고 저런들 어떠하리, 라는 생각이 박혀 있으니 청성파의 본산을 내버려 두고 떠돌면서도 개의치 않는 것이다.

운정이 복천 도장을 졸랐다.

"하지만 사부님. 저는 궁금합니다. 왜 독룡 도우가 그런 짓을 했는지요."

복천 도장이 말없이 진자강을 쳐다보았다.

진자강은 어쩔 수 없이 대답했다.

"표 형이 나를 배신했습니다."

"내가 독룡 도우를 배신하면, 도우는 나도 그렇게 죽이겠군요?"

운정의 목소리에 가시가 돋쳤다. 정말로 화가 난 모양이었다.

진자강이 인정했다.

"아마도."

운정의 뺨과 이마가 붉어졌다. 운정이 화를 내려 하자 복천 도장이 운정의 머리를 지팡이로 두드렸다.

딱! 따악!

"정신 나간 놈. 말이 되는 소리를 해라. 배신을 하지 않으면 되지, 배신한 놈이 무슨 염치로 화를 내느냐."

"하지만…… 하지만! 서운하잖아요…… 우리 사이에……."

진자강은 거의 울 것 같은 표정이 된 운정을 가만히 바라보았다.

소민도 같은 얘기를 했었다.

섭섭하다고.

이젠 감정적으로 그게 어떤 마음인지 이해할 수 있었다.

진자강이 운정을 불렀다.

"운정 도사."

"왜요."

운정이 삐친 투로 바라보았다가 진자강의 표정이 의외로 부드러운 걸 보고 눈을 동그랗게 떴다.

"너무 걱정하지 마십시오."

"어? 그 말은……."

진자강이 대답했다.

"운정 도사가 배신하게 되면 최대한 고통 없이 보내 주겠다고 약속하겠습니다."

"……네?"

운정은 당황했다.

"그건 내가 원하는 대답이 아닌 거 같은데요!"

복천 도장이 운정의 머리를 쓰다듬으며 웃었다.

"그만하면 독룡으로서는 최고의 대우지. 이놈아, 수라의 길을 가는 자에게 너무 많은 걸 바라지 마라. 수라는 이빨이 무뎌지면 그때가 죽는 날이니라."

운정은 입을 삐죽 내밀었다.

"하지만……."

복천 도장은 운정을 무시하고 진자강을 쳐다보았다. 진자강이 물었다.

"부탁드린 것은 어찌 되었습니까?"

"잘 되었다. 하지만 정말로 그리해서 되겠느냐? 너무 위험한 일이다."

"지금이 가장 좋은 기회입니다. 여의선랑이라면 믿을 수 있습니다."

"그쪽은 걱정하지 않는다. 네 안전을 걱정하는 게다."

"언제나 그래 왔습니다. 너무 걱정하지 마십시오."

"흐음."

"여의선랑이 사파라서 저어하시는 겁니까?"

"아니다. 여의선랑은…… 금강천검의 모함으로 가문을 잃은 피해자다. 네가 강호에 뜻을 펼치고자 한다면 남들이 말하는 정사(正邪)를 따르기보다, 스스로 옳다고 생각하는 길을 가는 것도 좋을 것이다."

"명심하겠습니다."

옆에서 듣고 있던 운정이 입을 삐죽 내밀고 복천도장에게 말했다.

"사부님도 본인 말씀을 실천 못 하시면서 남에게 그러신담."

"이놈이?"

딱!

"옳은 말을 했는데 왜 때리세요!"

"원래 몸에 좋은 약은 입에 쓴 법이다."

운정이 헷갈려 했다.

"그럼 사부님의 입이 써야지, 왜 제 머리가 아픈가요?"

복천 도장이 눈을 부라리며 윽박질렀다.

"그놈의 입을 다물지 않으면 다음엔 보름간 묵언의 형벌을 주겠다."

운정이 바로 입을 다물었다.

복천 도장이 운정의 머리통을 잡고 진자강에게 밀었다.

"이놈을 데려가라. 제 앞가림은 하는 놈이니, 등을 지켜줄 놈이 하나라도 있으면 도움이 될 거다."

"괜찮겠습니까?"

"물 위에서는 너보다 나을 거다. 여차하면 등평도수로 물길을 건널 줄도 안다."

운정이 눈을 초롱초롱 빛내며 복천 도장을 보았다.

"독룡 도우를 따라가란 말씀이시죠? 그럼 소소를 만날 수 있나요?"

운정은 소소를 만날 수 있다는 생각에 입을 헤벌쭉 벌렸다.

"쯧쯧. 이놈은 혼 좀 나야 한다. 저 꼴을 봐라."

앞으로 무슨 일이 벌어질지 전혀 모르는 태평한 운정이
었다.

복천 도장이 혀를 차며 진자강에게 말했다.

"여하튼, 소문에 장강검문과도 관계를 갖게 된 모양이더
구나. 이유가 있었겠지. 조력자는 많다. 이용할 수 있는 모
든 걸 이용해라. 각별히 조심하고, 몸 성히 오너라."

생각해 보니 진자강은 그간 의외로 많은 아군을 얻었다.

청성파와 아미파, 그리고 장강검문과 산동 사파.

예전에는 상상도 해 보지 못했던 일이었다. 복수를 끝마
칠 수 있을지나 의심스러웠다. 싸우고 또 싸우다가 어딘가
에서 혼자 비참하게 죽을지도 모른다고 생각했다.

그러나 어느새 여기까지 왔다.

적의 세력은 여전히 강대하고 오리무중이지만, 진자강도
그 이상으로 강해지고 커졌다.

"저는 절대 물러나지 않습니다. 그리고……."

진자강은 해월 진인을 떠올렸다. 해월 진인은 이미 돌이
킬 수 없는 곳까지 가 버려 다시 돌아올 수 없게 되었다.

하지만 진자강에게는 기다리는 이들이 있었다.

"반드시 살아서 돌아올 겁니다."

　　　　　*　　　　*　　　　*

　진자강과 운정은 배를 기다리며 며칠간 나루터 근처에서 머물렀다.

　배가 오가는 큰 나루터에는 늘 장이 서기 때문에 운정은 심심하면 나와서 진자강과 장터를 돌아다녔다.

　한데 물건들을 구경하던 운정이 고개를 갸웃거렸다.

　"독룡 도우. 좀 이상한데요?"

　"왜 그러십니까?"

　운정이 주위를 둘러보며 말했다.

　"몇몇 사람들이 자꾸만 쳐다보는 기분이 듭니다."

　진자강이 아무렇지 않게 대답했다.

　"아아, 감시자들입니다."

　"네? 감시요? 벌써 감시가 붙었다고요?"

　"복천 도장께 부탁해서 은밀하게 소문을 내 달라고 했습니다."

　운정은 어리둥절하다는 표정을 지었다.

　"독룡 도우는 절강까지 몰래 가야 되는 거 아니었어요?"

　"몰래 가는 것처럼 보이려고 합니다."

　어안이 벙벙한 운정이었다.

　"하지만 소문을 다 내면 몰래 가는 게 아니잖아요."

몰래 가지 못하는 것뿐인가? 가뜩이나 노리는 자들이 많은 진자강이다. 온갖 자들이 다 쫓아올 것이다. 배를 타고 가니 달아날 구석도 없었다.

"아니, 그러다가 절강까지 못 가면 어떡해요? 달을 넘게 가야 하는 길인데요."

"괜찮습니다. 그러라고 소문을 낸 겁니다."

진자강의 행보는 이미 종남파에서 알고 있다. 그 정보가 어디로 새어 나갈지 모르는 상황이었다. 게다가 중경에서 대놓고 일을 벌인 때문에 조금만 알아보아도 진자강이 무엇 때문에 절강으로 가는지 알 수 있을 터였다.

머잖아 그 소식이 영파상인의 귀에까지 들어가게 된다면, 증거를 없앨 수도 있게 된다. 그러면 진자강은 먼 절강까지 간 보람도 없이 아무것도 얻지 못하게 될 것이다.

하여 진자강은 고민 끝에 아예 자신의 행적을 완전히 드러내기로 했다.

진자강다운 파격이다.

운정은 기감을 늘려 자신들을 감시하는 눈길을 확인했다.

"그래도 이건 너무한걸요. 한둘이 아니에요. 도대체 몇 명이야?"

"아마 종남파, 소림사, 제갈가, 당가, 북천…… 쯤 되겠지요."

운정의 눈이 휑해졌다.

"……죽으러 가는 길인가요. 왜 사부님은 저를 죽으라고 보낸 것이죠?"

진자강이 웃었다.

"위험하다 싶으면 달아나도 됩니다."

소소를 만나러 가는 길이 아니라는 걸 안 운정은 기운이 없어진 목소리로 말했다.

"그래도 독룡 도우를 버리고 갈 순 없죠. 그랬다간 사부님께 엄청 혼이 날 거예요. 최소한 운기조식할 때 호법이라도 서 드릴게요."

운정의 태도에 진자강은 작은 위안을 받았다. 왜 복천 도장이 등을 맡기라고 했는지 알 수 있었다. 최소한 운정에게 있어서 행동의 기준은 이해득실이 아니라 사부의 명령과 의리다.

"하지만 무리하지 말고 감당하기 힘든 상대가 나타나면 피하십시오."

운정이 입을 삐죽 내밀었다.

"개구리 올챙이 적 생각 못 한다고 하는데요. 내가 한 작년만 해도 독룡 도우보다 셌거든요?"

"하하, 그랬군요."

"우와. 아닌 척하는 거 봐. 독룡 도우 그렇게 안 봤는데 너무 하시네."

운정은 투덜투덜하면서 앞장서 갔다.

진자강은 그런 운정을 위해서 산사 열매로 만든 정과를
샀다.

가을에 따서 씨를 빼고 꿀에 절여 보관했다가 겨우내 먹
는데, 새콤달콤한 맛이 있어 특히 여자들이나 아이들이 좋
아했다.

아니나 다를까 산사자 정과를 입에 넣은 운정은 바로 화
가 풀어졌다.

*   *   *

진자강과 운정이 탈 배가 왔다.

둘은 함께 배에 올라탔다.

선상에 지붕이 달린 가옥을 고스란히 얹은 것처럼 선실
을 만들어 거기에서 지낼 수 있도록 한 커다란 배였다.

서른 명 정도 되는 상인들이 올라타고, 배 아래에는 물자
를 가득 실었다.

짐을 모두 싣자 배가 출발했다.

큰 배라서 그런지 나룻배보다 흔들림이 적었다.

진자강은 습관처럼 배를 이곳저곳 돌아다니며 배의 구조

를 익혀 두고 난간에 기대섰다.

이제 진자강이 할 일은 없었다. 앞으로 약 사오일은 이 배에서만 지내게 될 것이었다.

하여 가만히 강물의 격류를 바라보고 있자니 묘한 기분이 들었다. 쉬지 않고 주변 환경을 머릿속에 담아 두며 경계해야 할 필요가 없기 때문에, 마음껏 생각에 몰두할 시간을 가질 수 있었다.

팔랑…….

바람이 불자 노란 꽃잎들이 날아다녔다.

진자강은 고개를 들었다.

어느새 강가와 벌판에 유채꽃이 가득했다.

당하란이 떠올랐다.

당가에서 잘 지내고 있는지, 아이와 당하란에게 아무 일은 없는지 궁금했다.

보고 싶었고, 당장이라도 달려가 만나고 싶었다.

하나 아직은 갈 수 없다.

'당가…….'

진자강은 해월 진인을 만나면서 당가에 대한 생각도 많이 달라졌다.

당가가 혹시 해월 진인이 말한 원흉일지도 모른다는 생각을 잠깐 했었다.

그러나 당가의 일 처리를 생각해 보면 원흉으로는 어딘가 어울리지 않는 부분이 있다.

해월 진인이 찾는 자들은 매우 은밀했다. 해월 진인조차 수십 년 동안 정체를 알아내지 못했을 정도로 자신들을 드러내지 않는다.

반면에 당가는 직접 독문을 움직여 약문과 혈사를 일으켰다.

약문 혈사의 원흉은 맞지만 강호를 이 지경으로 만든 원흉은 아닌 것이다.

만일 당가 역시 이용당한 것이라면?

약문과 독문의 분쟁이 그들에 의한 것이라면?

진자강은 자신의 생각보다도 훨씬 더 깊고 큰 싸움을 하게 될 것이다.

진자강이 여러 가지 생각에 잠겨 있다가 선실로 들어가는데, 가옥의 이 층에서 여러 상인들이 모여 시끌벅적하게 떠들고 있는 게 보였다.

창문을 활짝 열고선 뱃놀이를 나온 사람들처럼 음식을 차려 놓고 술을 마시는 중이었다.

위층에서 상인이 진자강을 보고 손짓했다.

"어이, 거기 젊은 친구. 이쪽으로 올라와서 한잔하세. 안면도 트고."

진자강이 거절하려고 보는데 귀에 익은 목소리가 들려서 보니 이미 운정은 상인들에 합류해 있었다. 얼굴이 벌게져 있는 걸 보니 이미 몇 잔의 술을 마신 듯했다.

위험한 길이라고 투덜거리더니 그사이 경계심이 풀어졌는지, 주는 대로 술을 받아먹고 있었다.

복천 도장의 걱정대로 정말로 저러다 언젠가는 큰코다칠 것 같아 보였다.

진자강은 운정이 걱정되어 위층으로 올라갔다.

그중 이십 대 후반으로 보이는 젊은 청년이 가장 상석에 앉아 거만한 태도로 술병을 들었다.

"받지."

자리에는 쉰이 넘어 보이는 상인들도 있었으나 다들 청년에게 고분고분했다. 상인들이 진자강에게 술을 받으라고 눈짓했다.

"무한까지 가는 동안 이 배를 지켜 주실 정 대협이시네."

정 대협이라 불린 청년이 호탕하게 웃었다.

"으하하, 대협이라니. 소생의 얼굴이 다 붉어지는 것 같소이다."

자칭 소생이었으나 등허리에는 너비가 넓고 묵직한 귀두도를 걸고 있어서 태생이 무림인이라는 걸 드러내고 있었다.

상인들이 포권하며 너스레를 떨었다.

"아니오, 아니오. 장강의 호걸이신 정 대협이 있으니 우리가 마음 편히 장강을 따라 장사도 하고 돈도 벌 수 있는 것 아니겠습니까."

정 대협이라 불린 청년이 거들먹거리며 말했다.

"하기야 그렇긴 하지. 내가 아니면 이 배에 있는 사람들은 무한까지 가기도 전에 흉악한 형제들에 의해 고기밥이 될 거거든."

말투나 행동은 아무래도 호위무사처럼 보이지 않았다.

술에 취한 운정이 딸꾹질을 하며 말했다.

"정대수 도우는 원래 장강의 수적이었는데 지금은 이 배를 지켜 주고 계신다고 해요! 정말 좋은 일을 하고 있죠?"

상인들의 얼굴이 잠깐 경직됐다. 정대수가 어색한 표정으로 인상을 썼다.

어린 도사가 술에 취해 하는 말에 화를 낼 수도 없고, 그렇다고 수적이라고 인정하기도 싫은 것이었다.

진자강은 돌아가는 사정을 눈치챘다.

정대수는 장강수로채의 수적이었던 것이다.

원래 장강수로채는 장강 전역에 걸친 막대한 세력을 자랑하던 수적 연합이었다. 한때는 무림총연맹의 척살 대상으로 공격을 받아 급격히 세가 줄은 적도 있었다.

그런데 그것이 오히려 폐해를 불러일으켰다. 장강수로채의 세가 약해지자 군소 수적들이 난립하여 장강을 오가는 배를 습격하게 된 것이다.

이 때문에 무림총연맹은 장강수로채를 완전히 말살할 수 없게 되었다. 장강은 무림총연맹의 한정된 인원으로 감당하기에 너무 넓고 길었다.

이후 암묵적인 규칙이 생겨났다. 장강수로채는 무절제한 약탈과 살인을 자제하고, 중급 이상의 상선마다 자파의 고수들을 파견하여 호위를 세웠다. 그리고 호위비 명목으로 일부의 금액을 받아 가는 식으로 방향을 바꾸었다.

물론 군소 수적들이 장강수로채가 호위하는 배를 건드리면 철저하게 응징하여, 본때를 보였으므로 이 같은 방법은 매우 효과가 있었다.

지금 정대수도 흉악한 수적의 모습이 아니라 말끔한 서생의 모습이라 큰 거부감이 들지 않도록 하고 있었다.

진자강은 어색한 분위기를 넘기며 인사했다.

"알고 보니 장강의 호걸이셨군요. 운남에서 온 진 모라 합니다. 명성은 많이 들어 왔습니다."

들은 적이 있을 리 없다. 하나 자신을 치켜세우는 말에 정대수는 슬쩍 기분을 풀었다.

"이 친구는 예의가 바르군. 자자, 한잔해. 저기 저 어린 도사는 술 좀 그만 먹이시오. 좀 더 먹이면 아주 사람을 잡겠소이다."

상인들이 분위기를 풀기 위해 과장되게 웃었다.

"와하하. 정 대협의 말씀이 맞습니다."

"여기 도사님이 많이 어리니 기분 푸시지요."

운정은 자기가 뭘 잘못했는지 모른다는 투로 고개를 갸우뚱했다.

"사람 잡는 사람은 따로 있는데요."

"응?"

하지만 다행히도 운정이 술에 취했다고 생각해 상인 한 명이 말을 말렸다.

"많이 취했소이다, 도사님. 좀 가서 쉬는 게 좋겠소."

"저 하나도 안 취했는데요!"

"어허, 이미 혀가 꼬부라졌소이다."

진자강이 나섰다.

"제 일행입니다. 좋은 분위기를 망쳐 제가 대신 사과드리겠습니다. 저희는 이만 내려가 보겠습니다."

"누가 분위기 망쳤어요? 에이, 거짓말. 그럼 이미 살아 있을 리가 없⋯⋯."

진자강이 운정의 목덜미를 잡고 들어 올렸다.

"읍읍읍."

운정은 옷에 목이 걸려 말을 못 하고 버둥거렸다.

정대수가 어서 가라는 듯 귀찮다는 투로 손을 내저었다.

"얼른 가 보시게."

운정은 선실로 오자마자 바로 뻗어 잤다. 내공으로 취기를 내보낼 수도 있었으나, 아마도 술에 취해 그럴 정신이 없을 터였다.

"음냐아."

운정이 잠꼬대를 했다.

"독룡 도우는 사람들과 안 친하니까 내가…… 정보를 알아내야, 음냐……. 도우는 사람을 막 죽이니까……."

진자강은 살짝 웃음이 나왔다.

운정이 그냥 아무 생각 없이 상인들의 술자리에 끼어든 게아니었던 것이다. 진자강을 위해서 그들이 누구인지, 뭐 하는사람들인지 알아 두기 위해 나름대로 잠입하여 정보를 캐내고그 와중에 정대수가 수적이라는 것까지 알아내 말해 주었다.

진자강은 운정을 보며 생각에 잠겼다.

만일 운정이 자기가 했던 말처럼 표상국같이 배신하게된다면…….

진자강은 고개를 흔들었다. 생각하기를 멈추었다. 그것은 상상만으로도 끔찍한 일이었다.

*   *   *

　무한에 가는 동안 배는 몇 번을 멈추었다. 짐을 싣거나 내리기를 반복하고 식료품도 공급했기 때문에 속도가 빠른 편은 아니었다.

　며칠 뒤 배가 공민이라는 아주 작은 나루터에 도착했다.

　거기에서 배가 멈추었을 때.

　새로 배에 오르는 이들이 있었다.

　선상에 있던 모든 이들이 술렁거렸다.

　"저건 뭐야."

　"저런 것들을 태운다고? 지금 장난하는 거지?"

　상인들이 대놓고 불평불만을 늘어놓기 시작했다.

　관(棺).

　어두운 옷에 까만 두건을 쓴 스무 명의 남자들이 둘이서 하나씩의 목관을 짊어지고 배 위에 올라오는 중이었다.

第七章

선상난쟁(船上亂爭)

상인들이 술렁거렸다.

한두 개도 아니고 열 개나 되는 관을 들고 배에 오르니 꺼림칙할 수밖에 없었다.

"설마 시신이라도 들어 있는 건……."

두건인들은 표정도 음울한 것이 불길한데 몸에서 풍기는 냄새마저도 역했다.

상인들 중 몇은 속에서 욕지기가 치밀어 뱃전에 가 토하는 이도 있었다.

사람들이 불편한 얼굴을 하자 정대수가 나섰다.

나루터와 배를 잇는 판잣길을 가로막고 물었다.

"이봐. 너희들은 뭐 하는 자들이냐."

스무 명의 두건인들이 일제히 멈춰 서서 정대수를 쳐다보았다. 그러곤 그 옆에 있는 선장을 돌아보았다.

선장이 어색하게 웃으면서 말했다.

"원래부터 여기에서 관을 싣기로 예정이 되어 있었습니다. 죄송하지만 양해를……."

상인들이 항의했다.

"이런 망할, 상행 중에 관을 만나면 재수가 없다고."

"상품을 옮기는데 시체와 같이 가란 말요? 그걸 알면 누가 물건을 사려 하겠소이까."

선장이 못내 미안한 얼굴로 양해를 구했다.

"선주가 결정하는 일이지 내가 어찌할 수 있는 게 아뇨. 무한까지만 부탁합시다."

"아, 이럴 줄 알았으면 다음 배를 탔지."

"에이, 진짜."

상인들이 투덜거리자, 유독 시커멓고 네모진 얼굴의 두건인이 저음의 목소리로 말했다.

"사람은 모두가 죽게 되어 있소."

낮은 어조인데도 모두가 돌아보게 만드는 목소리였다. 흑안의 두건인이 무뚝뚝하게 말했다.

"여기 있는 사람들도 언젠가는 죽을 테고 입관하여 무덤

에 묻히게 되오. 삶과 죽음은 특별한 일이 아니며 늘 우리
의 곁에 있소."

당연한 말이지만 너무나 무덤덤해서 오히려 오싹했다.

흑안의 두건인이 앞을 가로막은 정대수를 보고 말했다.

"이미 정당한 요금을 지불하였으니 이제 그만 길을 비켜
주시오."

정대수는 인상을 찌푸렸다. 요금까지 냈다면 비켜 주어
야 마땅하다. 그러나 아무래도 수상쩍었다.

"내가 장강에서 십 년을 살았으나 너희 같은 자들은 처
음 본다. 어디에서 온 놈들인지 밝혀라."

흑안의 두건인은 무심하기까지 한 눈빛으로 정대수를 노
려보았다. 하나 아무 대답도 하지 않았다. 정대수의 표정이
더 굳어졌다.

"말을 못 하겠다면 관에 뭐가 들었는지 좀 봐야겠군. 만
약 병이라도 걸린 시신이라면 배에 올릴 수 없어."

흑안 두건인의 눈빛이 달라졌다. 입술이 뒤틀리며 무언
가 말을 하려 했다. 정대수도 흠칫하며 귀두도의 손잡이를
잡아갔다.

그때.

"병에 걸린 시신이라…… 그럴 수 있지. 하지만 앞에서
길을 막고 있으니 올라갈 수가 없지 않나. 뱃삯을 받아 놓

선상난쟁(船上亂爭) 287

고 못 타게 하면 안 되지.”

정대수가 ‘넌 또 뭐야!’라는 눈빛으로 두건인들의 행렬 뒤쪽을 보았다가 흠칫했다.

반달형 눈썹에 가느다란 눈으로 웃고 있는 무인이었다.

도관을 쓰고 짙은 파란색 무복을 입었는데 검을 엉덩이에 걸치듯 돌려서 뒷짐 지듯 들고 있다.

푸근한 인상과 검을 돌려 쥔 자세.

정대수가 고개를 갸웃하며 물었다.

“혹시…….”

한데 대답은 다른 데서 나왔다.

“종남파의 인자협 불기 선생이로구만!”

인자협 불기의 뒤쪽, 그것도 멀리에서 들려온 목소리였다.

인자협 불기도 뒤를 돌아보았다.

소리는 났는데 사람이 없다.

잠시 후 누런 가사를 입은 승려가 하늘에서 뚝 떨어진 것처럼 나타났다.

쿠우웅!

승려가 내려앉자 엄청난 먼지가 일며 사방으로 밀려났다. 도대체 어디서부터 뛰어 날아온 것인지 알 수가 없을 지경이었다.

인자협 불기가 눈을 가늘게 뜨고 승려를 바라보았다.

"대사께서는……?"

오른쪽 귀는 잘려 있고 계인이 찍힌 민머리는 화상을 입었는지 거무죽죽한 흉터가 나 있었다.

"나무아미타불. 보잘것없는 소림의 노승이외다. 배 시간에 늦지 않아 다행이구려."

멀리 선미에서 이를 바라보던 진자강의 눈에 힘이 들어갔다.

소림사의 범몽이다.

정체를 알 수 없는 두건인들과 종남파, 거기에 범몽 대사까지.

당연히 이것은 우연이 아닐 터였다.

운정도 낌새를 알아챘는지 진자강을 쳐다보며 나지막하게 물었다.

"독룡 도우…… 이게 도우가 원하던 상황이라는 거죠?"

진자강이 대답했다.

"아닙니다."

"네?"

"나도 이렇게 한꺼번에 몰려들 줄은 몰랐습니다."

운정이 당황한 표정을 지었다.

"그럼 어쩌죠? 지금 내릴까요? 그럼 저분들은 따라오지 않을 것 같은데요."

"왜 그렇게 생각합니까?"

"탄다고 했는데 안 타고 바로 내리면 창피하잖아요."

천진한 운정의 발상에 진자강은 하마터면 웃을 뻔했다.

"나도 그랬으면 좋겠군요."

운정은 한숨을 휴 하고 내쉬었다.

"원신천존, 영보천존, 도덕천존이시어. 부디 제 앞길에 흉이 없도록 밝혀 주소서."

운정은 도경을 외면서 고개를 절레절레 내저었다.

종남파와 소림사의 고수가 나타나자 정대수도 두건인들도 더 이상 드잡이질을 할 수 없었다. 정대수는 자리를 비켜 주었고 두건인들은 무거운 관을 굳이 선수까지 끌고 가 갑판 위에 쌓았다. 그러곤 그 주변에 자리를 잡았다.

어디서도 관이 눈에 들어올 수밖에 없는 위치라서 상인들은 매우 불쾌해했다. 하지만 종남파나 소림사의 승려가 있으니 저들이 설사 이상한 마음을 먹었다 하더라도 별일은 없을 거라 내심 안도했다.

하지만.

선장이 판자를 건너 배로 올라서는 소림사의 범몽 대사에게 곤란한 투로 말했다.

"죄송하지만, 대사님. 요금을……."

범몽이 대답했다.

"보다시피 나는 중이라 재물이 없소이다. 하나 걱정 마시오. 하루에 차가운 밥 한 덩이면 족하오. 달리 폐를 끼치는 일은 없을 거외다."

말을 마친 범몽이 발을 굴렀다.

그러더니 돛대를 엮은 밧줄을 밟으며 돛대의 가장 꼭대기로 올라가 섰다.

"노납은 여기에 있을 테니 신경 쓰지 마시게."

하지만 누가 봐도 그게 더 신경이 쓰이고 불편했다. 보다 못한 상인들이 권했다.

"소인들이 뱃삯을 시주하고 방도 하나 내어 드릴 테니 내려오시지요."

"나무아미타불. 노납은 이곳이 편하니 개의치 마시고, 성불하시오."

돛대 꼭대기에서 상인들을 향해 공손히 반장했지만 범몽의 눈은 진자강과 인자협 불기를 향하고 있었다.

배가 출발했다.

선상에는 기묘한 대치 구도가 형성되어 있었다.

선수는 정체 모를 두건인들과 관짝들이 차지했고, 가옥의 선실은 상인들과 종남파의 인자협 불기가, 돛대 위엔 범몽이 있었다. 그리고 진자강은 선미에서 운정과 함께였다.

선미에는 구명용 소형 나룻배가 있어서 여차하면 배를 내리고 달아날 수도 있었다.

괜히 애먼 상인들만 죽을 지경이었다.

무한까지는 적어도 천오백 리 길을 가야 한다. 배가 느려서 바람을 잘 타도 닷새는 족히 걸리기 때문에 그동안은 불편하기 짝이 없는 동행을 해야 했다.

밤이 되자 상인들은 분위기를 풀고자 이 층에 연회 자리를 마련했다.

먹을 것을 아낌없이 꺼내 차렸다.

"다들 저녁 식사하십시오!"

인자협 불기가 올라오고, 범몽도 돛대 위에서 내려왔다.

두건인들은 거절했다. 선수에서 관을 지키며 자신들끼리 준비해 온 건량을 먹기로 했다.

그러자 불기가 웃으며 한마디 했다.

"그럴 수 있지. 하지만 밥 먹자고 부르는 게 아님을 알면 한 명이라도 와야 뒤탈이 없다는 것도 알겠지."

그 말에 흑안의 두건인이 엉덩이를 털고 일어나 이 층으로 올라왔다.

불기가 선미에 있는 진자강과 운정을 쳐다보았다.

"그쪽도 마찬가질세."

운정이 진자강의 팔을 잡았지만 진자강은 고개를 끄덕여

괜찮다는 표시를 했다.

진자강이 가옥의 이 층 넓은 장소로 올라가니 재밌게도 상석이 비어 있었다.

정대수는 이미 옆으로 빠져서 한쪽에 공손하게 서 있었다. 그러곤 불기에게 상석을 권했다.

"종남파의 인자협 대협께서 앉으시지요."

불기가 마다했다.

"이 자리에는 범몽 대사가 계시니 대사에게 양보하도록 하겠소이다."

범몽은 수염을 쓰다듬으며 고개를 저었다.

"나는 뱃삯도 지불하지 않고 얹혀 가는 입장이라 언감생심 상석은 어울리지 않네."

"하면……."

그렇다고 상석을 비워 둘 수도 없고, 흑안의 두건인을 앉힐 수도 없었다. 흑안의 두건인은 이미 자리의 가장 끝으로 가서 있는 듯 없는 듯 음식만 먹고 가겠다는 뜻을 보이고 있었다.

어쩔 수 없이 상인들 중 가장 나이가 많은 이가 자신이 앉아야 하나 눈치를 볼 때였다.

누군가 불쑥 나섰다.

"내가 앉겠습니다."

절대로 상석에 앉기 어려울 법한 청량한 목소리와 함께, 진자강이 상석에 자리했다.

불기의 표정이 살짝 굳었고, 범몽은 웃는지 입꼬리가 슬쩍 들렸으며 흑안의 두건인은 고개를 살짝 숙인 채 눈을 들어 진자강을 쳐다보았다.

"……!"

상인들이 뜨악하여 진자강을 쳐다보았다.

잘 봐 줘도 약관으로밖에 보이지 않는 곱상한 얼굴의 청년이 인자협 불기나 범몽……, 아니 하다못해 정대수까지 제치고 상석에 앉다니!

"이, 이보게. 뭐 하는 건가. 어, 얼른 일어나게."

정대수까지 진자강에게 눈을 부라렸다.

"이봐! 여기 어르신들이 잔뜩 계신데 무슨 장난질이야. 당장 일어나지 못해?"

진자강은 꼼짝도 않고 대답했다.

"그 사람들이 다 나를 보러 온 것이니 내가 상석에 앉아도 무방할 것 같군요."

"뭐?"

불기가 코웃음을 치며 자리에 앉았다.

"그럴 수 있지. 아무렴 내가 생각하는 놈이 맞다면 그럴 수 있어."

범몽도 불기의 앞자리에 앉으며 말했다.

"껄껄껄. 틀린 말은 아니지. 저 녀석이라면 자격이 있어."

진자강이 상석에, 불기와 범몽이 양옆으로 앉은 묘한 배치였다.

정대수가 눈을 좌우로 굴리며 눈치를 보았다.

저 진 모라는 청년이 뭔데 종남파와 소림사의 고수들이 자리를 양보하는가?

상인들도 불기와 범몽의 눈치를 살폈다. 진자강이 얼마나 대단한 사람인지 몰라서였다.

정대수는 자리에 앉지도 못하고 조심스럽게 물었다.

"어르신들, 이 친구가 누구이기에······."

"아, 몰라? 하기야 외양만 보면 그럴 수 있지. 그래도 지금 강호에서 가장 유명세를 떨치는 친구인데 모르면 되나. 독룡이라고."

"독룡? 독룡? 독······."

몇 번 이름을 외던 정대수가 기겁했다.

"독룡!"

그 순간 상인들도 얼어붙었다.

독룡이 중경에 있었다는 건 익히 알려진 사실이었다. 그쪽에서 배가 왔으니 충분히 설득력이 있었다.

정대수와 상인들이 마른침을 삼켰다. 눈치를 보아 빨리 일어서는 게 나을 듯했다.

그런데 상석에 앉은 진자강이 사람들에게 음식을 권했다.

"드시죠."

상석에 있는 사람이 당연히 해야 할 말이었으나 정대수와 상인들은 흠칫했다.

독룡의 앞에서 음식을 먹으라고?

진자강이 한술 더 떴다.

"제가 술 한 잔씩을 따라 드리겠습니다."

정대수와 상인들의 얼굴이 누레졌다.

진땀이 뻘뻘 났다.

진자강이 술잔에 술을 따랐다.

"정 대협이 나눠 주시죠."

정대수는 억지로 웃는 표정으로 한 명 한 명에게 진자강이 따른 술잔을 나눠 주었다.

상인들은 술잔을 받았다.

그러나 먹지 않을 수도 없고, 먹을 수도 없었다.

난감했다.

정대수와 상인들은 술잔을 든 채 다른 이들의 눈치를 볼 수밖에 없었다.

진자강이 다시 권했다.

"독 없습니다. 드셔도 됩니다."

그러나 독이라는 말을 언급한 순간 이미 더 마시기가 싫어진 게 사실이었다.

다행히도 진자강은 정대수와 상인들에게 한 말이 아니었다.

진자강의 눈은 불기와 범몽을 향해 있었다.

하지만 불기는 술잔을 들지 않고 코웃음을 쳤다.

"흥."

이미 표상국에게 전서구로 진자강의 독에 대해 들었고, 표상국의 시체가 중독된 상태도 보았다.

공기 중으로 퍼진 독이야 막대한 내공으로 버틸 수 있지만 직접 마시는 건 다른 문제다. 자살행위나 마찬가지다. 굳이 객기를 부리다가 불리한 싸움을 할 필요는 없었다.

한편 범몽도 이미 진자강의 독을 맛본 적이 있었다. 귀가 잘릴 때 침투한 독이다. 꽤 지독했다. 독기를 몰아내느라 바로 그를 쫓지 못했을 정도이니, 굳이 독주를 받아 마실 이유가 없었다.

그것은 흑안의 두건인도 마찬가지였다. 흑안의 두건인은 아예 대놓고 앞에 놓인 술잔에 손도 대지 않았다.

운정만 코를 킁킁하며 술 냄새를 맡더니 눈치를 보다가 한 입을 마셨다.

홀짝.

"우와아! 고급진 맛이다!"

한 입 맛보고 자기도 모르게 탄성을 내뱉은 운정이었다.

"독룡 도우, 이 술 엄청나요. 굉장히 비싼 술인가 봐요."

진자강이 부드럽게 타일렀다.

"운정 도사. 술 마시지 말라고 했잖습니까."

"독룡 도우가 내 사부님이에요? 아무도 안 마시니까 아깝잖아요. 주향도 엄청 좋다고요."

운정은 다른 사람들이 마시지 않는 술까지 자기가 홀짝홀짝 마셔 버렸다.

운정으로서는 전혀 그럴 생각이 없었겠지만, 그것은 마치 다른 이들이 겁쟁이라 조롱하는 듯 보였다.

불기가 돌연 음식이 놓인 탁자를 엄지와 검지로 잡았다.

우직.

"그럴 수 있지. 독룡이라면."

손에 잡힌 두꺼운 탁자가 종잇장처럼 뜯겨 나갔다. 엄청난 내공의 힘이었다.

우직우직.

"그런데 너무 건방지구나, 네놈."

정대수와 상인들은 완전히 몸이 굳었다.

우직! 우직!

불기는 계속해서 탁자를 잡아 뜯었다. 순식간에 탁자가 걸레처럼 너덜너덜해졌다.

진자강은 불기의 무력시위에도 태연했다. 표정 하나 변하지 않았다.

의외로 나선 것은 진자강이 아니라 범몽이었다.

범몽이 갑자기 탁자 위에 손을 올렸다.

턱.

순간 불기는 더 이상 탁자를 잡아 뜯지 못했다. 탁자가 쇳덩어리처럼 단단해졌다.

불기의 미간이 꿈틀댔다.

"종남이 소림사에 밉보인 일이 있소이까?"

범몽이 빙긋 웃으며 대답했다.

"아니. 노납은 누가 앞에서 힘자랑하는 걸 매우 싫어한다네."

불기가 손에 힘을 주었다. 범몽도 내공을 써서 탁자를 짓눌렀다. 불기의 얼굴이 붉어지고 범몽의 표정도 굳어져 갔다.

덜덜덜덜.

스무 명이 넘게 둘러앉을 수 있는 큰 탁자가 들썩였다. 음식이 담긴 그릇들이 달그락거리며 떨렸다.

범몽이 말했다.

"제법, 힘자랑을 할 자격은 되는군."

불기가 대꾸했다.

"대사는 이미 뒷줄에 계실 연배이고, 본인은 한창 현역이 아니외까."

둘이 더 힘을 주었다.

차가 담긴 찻주전자에서 찻물이 튀고, 술이 담긴 병에서 술이 역류해 흘러나왔다.

쨍.

그릇에 금이 가며 깨지기 시작했다.

상인들이 놀라서 일어나 물러섰다. 흑안의 두건인도 벌떡 일어났다.

"이 집은 영 밥을 먹을 분위기가 아니로군."

불기가 얼굴이 새빨개진 채로 말했다.

"앉아."

흑안의 두건인이 무심한 눈으로 불기를 쳐다보았다.

불기가 힘을 주느라 다소 억눌린 듯한 목소리로 다시 말했다.

"앉아. 뒈지기 싫으면."

흑안의 두건인이 저음의 목소리로 대꾸했다.

"내가 종남파의 명령을 들어야 할 이유가 없소이다."

"이유를 만들어 주리?"

이번엔 불기의 말을 범몽이 받았다.

"혼나고 싶지 않으면 앉아 있게나. 빈의관 흑사신(黑死神)."

흑안의 두건인, 흑사신이 무뚝뚝하게 답했다.

"내가 누군지 알고 있다면 소림사도 우리를 건드릴 수 없다는 걸 알고 계실 거요."

범몽이 불기와 힘 싸움을 하는 채로 웃었다.

"천하에 소림이 건드리지 못하고 관여하지 못할 일은 없느니라!"

흑사신이 되물었다.

"독문과 척을 질 생각이외까, 범몽 대사."

"노납이 귀하에게 똑같이 되물어 봄세."

범몽이 뇌성벽력이 치는 듯한 목소리로 외쳤다.

독문이야말로 소림을 적으로 두고 살 자신이 있는가!

우르르르릉!

"우와앗!"

상인들은 머리가 울리고 다리에 힘이 풀려 주저앉았다.

돛이 팽팽하게 펴지고 배가 흔들렸다. 선원들이 기겁하며 돛 줄을 당기고 난리가 났다.

이 층 전각 아래로 두건인들이 관을 들고 달려왔다. 그들은 당장이라도 뛰어오를 듯한 태세로 위를 올려다보았다.

엉망진창.

정작 이 사태의 장본인이라 할 수 있는 진자강은 멀뚱히 있는데 주변이 난리가 나 있었다.

운정이 진자강에게 조심히 물었다.

"독룡 도우. 제가 두 분을 좀 말려도 될까요? 무례가 되는 건 아니겠죠?"

불기와 범몽이 흠칫했다.

나이가 열대여섯이나 되었을까 한 어린 도사가 나이 지긋한 두 사람을 중재한다니, 이 얼마나 우스운 꼴인가!

이런 사실이 강호에 알려지면 고개를 들고 다니기 힘들 정도로 창피를 당하게 될 터였다.

진자강이 말했다.

"그럴 필요 없습니다. 그만둘 때가 되면 그만두겠지요."

"아, 그럴까요?"

불기와 범몽은 다행이라 생각하면서도 다른 의미로 얼굴이 붉어졌다.

불기가 검을 쥔 손을 치켜들었다. 범몽도 반대쪽 주먹을 들었다.

둘이 동시에 탁자를 내려쳤다.

쩌억!

탁자의 중간이 그대로 갈라져 기울었다. 음식들이 가운데로 쏟아졌다.

거기서 끝날 줄 알았는데, 그게 아니었다.

불기가 바로 일어서더니 무너진 탁자를 뛰어넘어 범몽을 향해 일장을 뻗었다. 범몽도 같이 장으로 대응했다.

소리도 없이 둘의 손바닥이 붙었다가 떨어졌다.

퐈앙!

떨어지는 순간 엄청난 폭발이 일었다. 둘의 사이에 쏟아져 있던 음식들과 깨진 그릇들이 둥근 원형을 그리며 밀려나갔다. 범몽은 두어 걸음을 밀렸고, 불기는 뒤로 훌쩍 뛰어 창가의 난간에 올라섰다.

범몽이 말했다.

"나무아미타불! 종남파의 홍염수(紅焰手)는 과연 일절이로군. 독룡을 향한 그대의 집념이 놀랍도록 집요하네."

불기가 대꾸했다.

"대사가 틀렸소이다. 대사가 나를 건드린 순간부터 독룡은 문제가 아니오. 대사는 본인이 누구인지 잘 모르시는 모양이외다?"

"알고말고! 한번 물면 놓치지 않는 종남파의 미친개, 인자협 불기."

불기가 가느다란 눈을 떴다. 새빨간 핏줄이 가득한 혈안이 드러났다.

"알고도 건드렸으면 응당 나에 대한 소문이 맞는지 확인시켜 드리는 것이 인지상정이겠소이다!"

불기가 검집으로 범몽을 내려치며 공격하고 홍염수를 뻗었다. 범몽은 소매를 철포삼으로 둘러 검집을 치고 홍염수를 발로 차 냈다.

둘은 눈 깜짝할 사이에 십 초를 겨루었다.

쾅! 콰쾅!

집기들이 부서지고 바닥이 무너졌다.

운정이 당황해서 진자강에게 속삭였다.

"저 두 분 뭐 하는 거죠? 독룡 도우를 잡으러 온 거 아니었어요?"

진자강은 둘의 싸움을 눈여겨보았다. 과격한 수법을 쓰고는 있지만 살수는 아니다. 온 힘을 다하지도 않는다.

일종의 탐색이다. 서로의 실력을 가늠해 보는 것이다.

진자강을 상대로 도움이 될지, 아니면 적이 되었을 때 얼마나 위협이 될지.

실력이 백중지세라 판단되면 진자강을 잡는 데 협력할

것이고, 그게 아니라면 진자강을 독차지할 셈일 터였다.

"적어도 소림사와 종남파가 친하지 않다는 건 알겠군요."

"그런가요. 나 같으면 독룡 도우를 먼저 잡아 놓고 친하니 마니는 나중에 따질 텐데. 아니! 물론 내가 진짜 그러겠다는 건 아니고요."

"알고 있습니다. 하지만 지금은 저쪽보다는……."

진자강은 흑사신 쪽을 쳐다보았다.

이 층이 불기와 범몽의 싸움으로 풍비박산이 나자 상인들이 주춤거리다가 결국은 달아나고 있었다.

상인들이 앞다투어 이 층에서 내려가기 시작했다.

흑사신이 팔짱을 끼고 지켜보다가 명령했다.

"지금 내려간 것들을 모두 죽여라."

아래층에 있던 빈의관의 두건인들이 비수를 뽑아 들었다.

내려가던 상인들이 기겁했다. 위로도, 아래로도 피하지 못하고 갈팡질팡했다.

독룡도, 미친놈처럼 보이는 종남파와 소림사의 고수들도 믿을 수 없었다.

상인들이 도움을 청할 곳은 한 군데밖에 없었다.

"저, 정 대협! 도와주시오!"

정대수가 귀두도를 들고 아래층으로 뛰어 내려갔다.

"젠장! 이놈들 처음부터 마음에 안 들더라니!"

평범한 실력은 아닌 듯, 귀두도를 휘두르는 기세가 자못 날카로웠다. 귀두도 자체의 무게에 도세가 더해져 사람의 팔다리쯤은 대번에 날려 버릴 만해 보였다.

부웅! 부우웅!

두건인들은 정대수가 휘두르는 귀두도를 피했다. 정대수가 상대해야 할 이들은 열아홉 명이다. 혼자서는 몸을 피하는 자들을 전부 따라갈 수 없었다.

"덤벼! 덤비라고!"

정대수가 한 명을 따라가며 힘껏 귀두도를 휘둘렀다. 두건인이 바닥에 놓여 있던 관의 뚜껑을 치켜들었다.

콰직. 정대수의 귀두도가 관짝의 뚜껑에 깊이 박혔다.

"윽!"

귀두도를 뽑으려 해도 너무 단단히 박혀서 뽑지 못했다. 정대수는 귀두도를 내버려 두고 달아나려 했다.

두건인이 정대수의 뒷덜미를 잡고 잡아당겼다. 그러더니 정대수를 비어 있는 관 안에 처박았다. 정대수가 허우적거렸지만 두건인은 사정없이 관짝의 문을 닫아 버렸다.

관에서 튀어나와 있던 팔이 뚜껑에 눌려 부러지며 끔찍한 소리를 냈다.

으직!

"으아아악!"

두건인들이 가차 없이 관의 뚜껑으로 비수를 박아 넣었다.

퍽 퍽 퍽.

관 안에서 정대수가 꿈틀거리며 여기저기에 부딪치는 소음이 잠시 일더니 곧 잠잠해졌다.

관 아래로 피가 흘렀다.

이를 지켜본 상인들은 벌벌 떨었다.

"이런 못된 사람들 같으니! 도저히 용서 못 하겠습니다!"

운정이 자리를 박차고 허공으로 뛰어올랐다. 날렵하고 가벼운 신법에 두건인들의 눈에 살짝 긴장이 맴돌았다.

이 층에 서 있던 흑사신이 손을 치켜들었다. 손안에 검은 줄이 달린 손가락 길이의 비도(飛刀)가 들려 있었다. 비도에도 검은색 옻칠을 해서 날이 잘 보이지 않았다.

흑사신이 비도를 잡고 일 층으로 뛰어내리는 운정을 향해 날리려 했다.

그러나 그의 팔에 눈에 잘 보이지도 않는 얇은 선이 그어졌다.

흑사신은 눈을 찌푸리며 손을 뺐다.

사악.

그의 팔이 있던 공간을 탈혼사가 올가미처럼 감고 지나갔다. 바로 옆에 있던 기둥이 퉁, 소리를 내며 중간이 잘려 미끄러졌다. 팔이 있었다면 팔도 함께 여지없이 잘려 나갔을 터였다.

흑사신이 진자강을 노려보았다. 진자강이 탈혼사를 회수하며 말했다.

"나는 여기 있습니다."

흑사신이 소매를 털어 손을 가렸다가 양팔을 교차하며 손을 들어 올렸다. 양손에 비도 세 자루씩이 들려 있었다.

진자강은 보란 듯 양손을 앞으로 내밀었다. 그리고 손가락을 펼치자 불쑥 솟아난 것처럼 독침들이 생겨났다.

흑사신의 눈이 가늘어졌다.

딸랑!

운정이 제종을 흔드는 소리.

"영보천존께서 몸을 편안히 하시고, 제자의 혼백과 오장을 편안케 하시며, 청룡과 백호가 무리를 짓고 주작과 현무가 이 몸을 호위케 하시느니라."

궤마기참 제종향령!

동시에 진자강과 흑사신이 몸을 날리며 서로를 향해 손을 뻗었다.

비도의 궤도가 묘했다.

총 여섯 자루의 비도 중 한 자루는 진자강을 향해 날아갔지만, 나머지는 전부 불기와 범몽을 향했다.

　진자강의 독침도 두 자루는 흑사신을 향했지만, 나머지는 불기와 범몽을 노렸다.

　불기와 범몽이 생각하고 있던 것처럼, 진자강과 흑사신도 같은 생각을 했다. 이미 알고 있었다. 진자강이나 흑사신 중 누가 살아남아도 불기와 범몽이 가만히 내버려 두지 않을 거라는 걸.

　그러니 결착이 나기 전에 어느 쪽이든 최대한으로 피해를 입혀 둘 필요가 있었다.

　불기가 암기를 느끼고 범몽에게서 떨어지려 했다.

　하나 범몽이 불기를 놓아 주지 않았다. 범몽은 몸을 철포삼으로 두르면 암기에 큰 영향을 받지 않기에 암기를 무시했다.

　물러나는 불기를 쫓아갔다. 흔히 뒤로 물러나는 쪽의 힘이 약해진다. 불기는 순식간에 수세에 몰렸다. 암기 두 종과 범몽의 공격을 동시에 받는 꼴이 되고 말았다.

　불기는 범몽을 발로 찼다. 옷 위를 걷어찼는데 쇠 종을 친 것처럼 둥! 소리가 났다. 하나 그 반탄력으로 몸을 뒤로 빼내었다.

그러곤 공중에서 검을 뽑았다. 찬연한 백색광이 흐르는 보검이 모습을 드러냈다.

검을 허공에서 휘저어 막을 일으켰다. 진자강의 독침이 검막에 부딪쳐 튕겨 나갔다. 이어 흑사신의 비도가 날아들었다.

쨍 쨍!

흑사신의 비도가 불꽃을 일으키며 튕겨 나갔다. 그때 불기의 눈에 범몽의 모습이 들어왔다.

오른팔의 승복을 걷고 뒤로 힘껏 젖히고 있는 모습.

백보신권이다.

불기가 가느다란 혈안을 뜨고 외쳤다.

"으하하하! 과연 범몽 대사! 좋소이다. 그럴 수 있지. 절복종이니까 그럴 수 있어. 여기서 끝장을 봅시다!"

하나 불기는 말을 하다 말고 섬뜩해져서 황급히 머리를 뒤로 젖혔다.

핑!

믿을 수 없을 정도의 느린 속도로 독침 한 자루가 코밑을 스쳐 지나갔다. 식은땀이 흘렀다. 다 막아 냈다고 방심했으면 맞을 뻔했다.

하나 자세가 틀어져서 범몽의 백보신권을 피하기 어렵게 되었다.

범몽이 힘을 모두 모았다.

타타탁.

범몽의 철포삼에 맞은 진자강의 독침이 전부 튕겼다. 그리고 범몽이 주먹을 막 휘두르려는 찰나.

흑사신의 비도 두 자루가 범몽의 가사에 박혔다.

퍼퍽.

"으음?"

철포삼이 둘러진 가사에?

날이 손가락 반 치가량 들어왔다. 살까지 닿을 정도로 깊이 박힌 건 아니지만 범몽을 놀라게 하긴 충분했다.

범몽은 비도를 빼내었다. 평범한 철로 만들어진 비도인데 앞쪽 끄트머리만 특별한 날이 붙어 있다. 범몽의 호신강기를 완전히 뚫지는 못해도 살갗 정도는 긁을 수 있을 정도다.

빈의관은 독문 일파.

살짝만 살에 닿았다 떨어져도 중독된다. 애초에 그런 효용으로 만들어진 무기다.

"나무아미타불, 범상한 비도가 아니었는가?"

범몽이 멈칫한 덕에 백보신권을 쓸 시기를 놓쳐, 불기는 자세를 정비하고 피할 수 있었다.

범몽이 불쾌한 투로 흑사신을 쳐다보았다.

그사이 불기가 검을 들고 범몽을 향해 쇄도했다. 날카로운 검기가 불기가 달려드는 속도보다도 빠르게 날아가 범몽의 눈을 노렸다.

범몽이 왼손으로 자신의 머리를 탁, 치면서 뒤로 허리를 젖혔다가 검기에 머리를 갖다 박았다.

까라랑!

쇳소리가 나면서 검기가 머리를 타고 비껴 나갔다. 머리에 세 줄의 실처럼 그어진 붉은 검흔이 남았다.

튕겨 난 검기는 범몽의 뒤쪽 벽면에 구멍을 숭숭 뚫어 놓고 사라졌다.

기가 막힐 노릇이었다.

"하하하! 으하하하!"

하지만 불기는 혈안을 뜨고 웃으면서 계속해 검을 찔러댔다.

범몽이 힘을 끌어 올리며 소맷자락으로 불기의 검을 휘감았다.

휘리릭!

불기가 파지법을 바꾸어 검을 뒤흔들었다.

까아아아앙!

엄청난 불꽃이 튀면서 철포삼이 깃든 소맷자락을 자르고 검이 튀어나왔다.

검기는 호신강기로 막을 수 있어도 보검은 얘기가 다르다.

"종남의 보물, 태을지검(太乙地劍)이로군!"

"너무 늦게 아셨소이다!"

불기가 교묘히 검 끝을 놀려 범몽의 목젖과 인중, 양안(兩眼)을 노렸다.

"흥!"

범몽은 콧바람을 내며 신법을 펼쳐 물러나면서 탁자를 발로 걷어찼다. 불기는 두부를 자르는 것처럼 아무런 힘도 들이지 않고 탁자를 갈라 버렸다.

하필 이 자리에 호신강기를 뚫는 무기가 둘이나 있다. 백보신권을 쓸 만큼의 시간을 벌어야 하는 범몽이 불리하다. 범몽은 잘린 탁자를 다시 걷어차서 진자강 쪽으로 날렸다.

진자강과 흑사신도 치열한 공방을 펼치고 있었다.

흑사신이 주먹의 등으로 진자강의 옆구리를 후려쳤고, 진자강은 흑사신의 팔뚝을 잡고 막았다. 흑사신의 손목이 돌아가며 비도가 빙글 돌았다.

흑사신이 비도를 잡고 거꾸로 당겼다. 진자강은 곧바로 손을 떼었다. 진자강의 팔뚝 아래로 비도 끝이 닿을 듯 말 듯 쭉 지나갔다.

진자강이 손끝을 세워서 칼처럼 베듯 흑사신의 뺨을 손끝으로 그었다.

흑사신이 살짝 목을 뒤로 젖혀 피하려다가 갑자기 놀라서 허리를 더 많이 뉘었다.

진자강의 손끝에 독침이 삐죽 나와 있었다. 그냥 최소한의 거리로 피했다면 반드시 긁혔을 터였다.

진자강이 허리를 누인 바람에 훤히 드러난 흑사신의 가슴을 주먹 아랫부분으로 내려쳤다. 흑사신이 발을 걷어 올려 진자강의 사타구니를 찼다.

진자강은 피하지 않았다. 흑사신은 끝까지 진자강의 고환을 차려 했으나 진자강의 눈빛을 보고 물러설 생각이 없음을 알았다. 이를 악문 흑사신이 힘을 빼고 바닥에 누워서 등을 붙여 버렸다.

결과적으로는 흑사신의 판단이 옳았다. 진자강의 주먹 아래에 독침이 튀어나와 있었다. 피하지 않았으면 칼을 박는 것처럼 가슴에 독침이 박혔을 터였다.

흑사신은 바닥에 누워서 진자강의 고환을 차는 대신 다리를 걸었다. 진자강과 흑사신의 다리가 엉켰다. 그 와중에 진자강의 등으로 탁자가 날아왔다.

진자강은 몸을 돌려 왼 손바닥을 펼쳐서 탁자를 막았다.

콰직!

탁자가 산산조각 나며 흩어졌다. 흑사신이 진자강의 왼쪽 무릎 슬개골에 비도를 박았다. 진자강이 가까스로 발을 뺐지만 비도가 살짝 박혔다가 떨어졌다.

진자강이 절뚝거리며 물러나며 흑사신을 향해 독침을 뿌렸다. 흑사신은 몸을 뒤집어 튕기듯 일어났다.

바닥에 독침이 박혔다.

흑사신은 뒤로 피해서 진자강의 상처를 살피더니 살짝 미소를 머금었다.

순식간에 진자강의 무릎 상처에서 검붉은 고름이 부글부글 끓으며 부어올랐다.

"시독(屍毒)이다."

빈의관은 장의사다.

시체를 염하고 관에 담아 묻는데, 그 과정에서 시독을 얻는다.

게다가 시독은 부패독 중에서도 독하기로 유명했다.

"시독은 피를 썩게 만든다. 새 피가 계속 나와 고름이 밖으로 흐르면 산다. 하지만 부어올라서 고름이 새지 않고 핏속으로 들어가 몸을 타고 흐르면 온몸의 피가 썩어 죽는다."

진자강의 무릎은 벌써 퉁퉁 부어서 더 이상 피고름이 흐르지 않고 있었다. 이미 안쪽으로 시독이 파고들었다는 뜻이다. 진자강은 인상을 썼지만 큰 감정의 동요는 없었다.

"통초고혈의 무간귀독. 그리고 시독. 이제 독문이 어떤 식으로 돌아가는지 알 것 같습니다."

자못 담담한 진자강의 말투에 흑사신이 슬쩍 비웃음을 흘렸다.

"시독은 해독약이 없다. 피가 썩기 시작하면 피가 통하지 않도록 다리를 묶고 잘라 내야 한다."

"정말 그런지 봅시다. 생각보다 독하긴 하나, 이번이 딱히 처음은 아니라서 말입니다."

"뭐?"

망료의 시독. 시독이 핏줄을 타고 온몸을 돌아다녔을 때의 극심한 간지러움과 고통은 실로 지독했었다.

진자강은 바닥에 굴러다니던 접시를 들어 던졌다.

슈학!

흑사신은 고개만 까딱여 접시를 피했다.

하지만 앞이 아니라 갑자기 옆에서 뭔가가 날아왔다.

콰창!

흑사신의 관자놀이 부근에서 터지듯이 술병이 폭발했다. 뜨거운 김이 피어오르며 술이 흘러내렸다. 내공이 담겨 있어 옆머리가 찢어졌다. 흑사신이 휘청거렸다. 피가 관자놀이에서부터 목을 타고 흐르는 중이었다.

흑사신이 눈에 살기를 품었다.

범몽이 흑사신에게 술병을 던졌는데 진자강이 접시를 던져 그 기척을 감춘 것이다.

흑사신은 그 즉시 비도 한 자루를 복대에서 꺼내 들었다. 비도의 가장 끄트머리를 잡고 내공을 집중해 범몽에게 던졌다.

탈형비(脫形匕)!

날아가던 비도의 형체가 사라지더니 순식간에 몸을 감추었다.

훅! 소리마저도 사라졌다.

그러나 살기는 남았다. 찌르는 듯한 살기에 불기와 범몽이 잠깐 공방을 멈췄다. 하나 불기는 자신을 향한 살기가 아니라는 걸 깨닫자마자 아랑곳 않고 범몽을 몰아붙였다.

한번 걸리니 정말로 놓지 않고 계속 물고 있는 것이 미친 개나 다름없었다.

범몽은 안력을 극대로 높였다.

그림자. 그림자가 보인다. 비도의 본체는 보이지 않지만 바닥과 옆 기둥에 그림자가 희끗하게 남아 궤적을 보여 주었다.

범몽은 즉시 신법으로 몸을 돌려 비도를 등졌다. 그러더니 가사를 활짝 펼쳐서 백보신권을 사용하려는 듯 몸을 젖혔다.

검기로는 범몽의 철포삼을 뚫기 어렵다는 걸 알고 있는 불기가 접근해서 태을지검을 쭉 뻗었다.

순간 범몽의 팔과 옆구리 가사 자락 사이로 흑사신의 탈혼비가 뚫고 튀어나왔다.

불기가 대경하여 허리를 틀었다. 팔을 꺾어서 검의 손잡이 아랫부분으로 비도를 쳐 냈다. 그 와중에도 튕겨진 비도가 범몽의 얼굴을 향했다.

범몽은 이빨로 비도의 옆을 물고 목을 힘껏 돌려서 비도 끝으로 불기의 팔을 그었다. 불기가 검을 쥐지 않은 손으로 범몽의 턱을 받쳐서 비도가 가까이 오지 못하게 했다. 그러자 범몽이 몸을 쑥 내밀어서 이마로 불기의 턱을 들이받았다.

철두공으로 단련된 쇳덩이 같은 이마가 불기의 턱에 작렬했다.

쾅!

불기는 가까스로 얼굴을 틀어서 직격은 면했으나 오른쪽 아래턱을 맞았다. 꽉 물고 있던 어금니가 깨졌다. 오른쪽 턱이 위로 밀려 올라가 얼굴이 뒤틀린 듯한 충격이 왔다. 오른쪽의 감각이 일순간 없어지며 오른쪽 눈의 시야도 사라졌다.

범몽이 퉤 하고 비도를 뱉었다.

불기는 왼쪽 눈으로 급히 시야를 확보하려 했으나 범몽은 기다렸다는 듯 불기의 오른쪽으로 돌아 사각지대를 파고들었다. 불기의 다리를 걸고 어깨를 잡아당겼다가 밀었다 하면서 불기의 중심을 흐트러뜨렸다. 불기가 천근추로 중심을 잡고 버티자 주먹을 쥐고 엄지손가락의 뿌리 부분, 손바닥에서 가장 단단한 곳으로 불기의 가슴을 쳤다.

펑!

불기가 떠밀리다가 범몽의 뒷다리에 다리에 걸려 허우적거렸다. 범몽은 고개를 젖혔다가 강하게 불기의 어깨를 들이받았다.

쾅! 쾅!

호신강기로 범몽의 철두공을 한 번은 막아 냈으나 두 번째에는 호신강기가 못 버티고 박살 났다. 불기는 철판교의 수법으로 몸을 완전히 뒤로 누이면서 오른손으로 바닥을 짚었다. 동시에 양발을 들어 범몽의 배를 밀어 찼다.

터텅!

철포삼으로 직접적인 충격은 전혀 먹히지 않았다. 불기가 밀어내는 힘에 범몽은 허공에 떠 뒤로 날려 갔다. 그러나 그건 이미 범몽이 의도한 바였다.

범몽은 날려지기 전부터 오른손을 힘껏 뒤로 젖힌 채였다.

눈물이 흐르는 오른쪽 눈을 찔끔거리던 불기의 얼굴이 일그러졌다.

범몽이 디딜 것도 없는 허공에서 뒷다리를 뻗고 오른팔을 크게 휘둘렀다.

백보신권이다. 불기는 몸을 최대한 웅크리고 호신강기를 뿜어내며 검을 들어 검면을 내세웠다.

백보신권의 권풍이 불기에게 쏟아졌다.

콰콰쾅! 콰자자작!

불기가 있던 자리가 완전히 부서져서 바닥이 꺼졌다.

쿠르르릉 쿠우웅.

바닥이 무너지면서 온갖 것들이 일 층으로 죄다 쏟아져 내렸다. 불기도 마찬가지였다.

불기를 떨궈 낸 범몽이 뒤쪽 벽을 박차고 진자강과 흑사신에게로 달려들었다. 진자강과 흑사신은 즉시 좌우로 떨어졌다. 범몽이 양손으로 좌우에 장력을 뿜었다.

진자강은 날아가 창틀을 부수곤 갑판 위로 떨어졌고, 흑사신은 나무 벽을 부수고 처박혔다.

한순간에 셋을 정리한 범몽이 껄껄 웃었다.

"나무아미타불, 이제야 조금 재밌어졌구나!"

범몽의 눈자위에 황금빛 누런 정기가 맺혀 은은하게 빛
나고 있었다.

한편 운정은 음공의 특성상 다수를 상대로 매우 편하게
제압을 하고 있던 중이었다.

딸랑!

"천존이 말씀하셨습니다. 도는 정성(精誠)하여 참되고
진실된 마음으로 할 것이며 묵묵(默默), 말을 내세우지 않
으며 지키고 유(柔)로써 부드럽게 이어 가나니."

두건인들이 무릎을 꿇고 귀를 막은 채 고통스러워하다가
말이 끝나자 벌떡 일어나려 했다.

딸랑. 딸랑.

운정이 제종을 울리자 두건인들은 다시 몸을 떨면서 무
릎을 꿇었다.

"성(聲)이란 천지간에 사람이 내는 소리니라. 춘분 오 일째
가 되면 뇌가 발성하여 백리 바깥에서 들을 수 있으며 구천
을 울리고 구지를 흔들어 사해를 경동(驚動)시키었느니라."

아무것도 막힘이 없는 선상의 너른 갑판.

그곳에서 펼치는 운정의 음공은 실로 큰 효과가 있었다.
진자강조차 처음엔 버텨 내지 못했던 음공이었다. 덕분에
두건인들은 아까부터 원치 않는 독경을 듣고 있었다.

그러다가,

콰콰콰……. 범몽의 백보신권으로 인해 이 층에 큰 구멍이 뚫리고 나무 판자들이 부서져 쏟아졌다.

운정이 깜짝 놀라 음공을 멈추고 말았다. 두건인들이 핏발 선 눈으로 운정을 향해 덤볐다.

"으앗!"

운정이 급하게 제종을 흔들려 하니 두건인들이 필사적으로 비수를 던져서 방해했다. 운정이 신법을 발휘해 몸을 피했다. 운정이 서 있던 자리의 벽에 비수들이 박혔다.

두건인들이 관까지 들어 던졌다. 묵직한 관이 운정을 향해 날아왔다.

쿠웅! 쿠우웅!

운정의 입장에서는 투석기가 돌을 던지는 것과 거의 비슷한 수준으로 공격을 당하는 셈이었다.

운정이 이리저리 피해 다녔으나 열아홉이나 되는 두건인들도 무공이 낮은 자들이 아니었다. 운정은 뒤로 피하다가 퇴로를 가로막은 관에 부딪쳤다.

뚜껑이 열린 채 세워진 관이었다. 아까 정대수가 어떻게 죽었는지 본 운정은 발버둥을 쳤다. 두건인이 뚜껑을 힘껏 닫았다. 운정이 발로 막고 버텼다. 두건인 둘이 달라붙어서 힘으로 뚜껑을 밀어 닫았다.

"으아아아!"

운정은 버티지 못하고 관에 갇혔다. 관짝의 문으로 날카로운 비수들이 푹푹 쑤시고 들어왔다. 운정은 급히 바닥으로 몸을 낮추어 몸을 웅크렸다. 워낙 체구가 작아서 세워진 관의 바닥에 거의 붙을 수 있었다.

머리 위로 비수의 날들이 들락거렸다.

그러다가 갑자기 조용해지며 비수들이 꽂힌 채 움직이지 않았다.

돌연 위가 허전해지더니 관이 통째로 위에서부터 비스듬히 잘려 나갔다.

쿵!

관의 머리 부분이 떨어지며 묵직한 소리를 냈다. 운정이 허리가 잘린 관 위로 고개를 내밀었다.

관과 마찬가지로 머리를 잃은 두건인들이 피를 뿜으며 넘어가고 있었다.

휘리릭.

탈혼사가 허공을 날았다. 운정은 모골이 송연해졌다. 진자강이 탈혼사로 관을 자르고 두건인들을 갈라 버린 것이다.

"내 머리까지 잘렸으면 어쩌려고요!"

운정이 외쳤으나 진자강은 답할 여유가 없었다. 창밖으

로 날려진 바람에 두건인들에게 휩싸여 공격당하고 있는 중이었다. 그 와중에 운정을 도운 것이다.

두건인 한 명이 진자강을 향해 시커먼 관 뚜껑을 휘둘렀다.

부우우웅! 소리를 들어 보면 평범한 나무짝이 아니라 통짜 쇳덩이였다. 진자강이 허리를 숙여 피했다.

쾌작!

관 뚜껑이 가옥의 나무 벽을 부수고 틀어박혔다. 마치 철퇴를 휘두른 듯했다.

똑같아 보이는 관인데 재질이 다른 게 섞여 있는 모양이었다.

진자강은 관 뚜껑을 휘두른 두건인에게 달려들어 머리를 잡고 코를 무릎으로 올려 찼다. 두건인이 양팔을 들어 막았다.

와직! 팔목이 부러졌다. 진자강은 멈추지 않고 재차 무릎을 걷어 올렸다. 팔목이 한 번 부러지는 것까지 참았던 두건인도 두 번, 세 번째에는 참지 못하고 비명을 질렀다.

"끄아아아악!"

고통을 못 참고 팔이 내려간 순간, 진자강이 두건인의 목을 비틀어 버렸다.

위에서 흑사신이 진자강의 앞으로 뛰어내렸다. 흑사신의

손에서 비도가 번뜩였다. 진자강은 옆벽에 틀어박힌 관 뚜껑을 잡고 거꾸로 물구나무를 섰다.

카가각! 흑사신의 비도가 관 뚜껑에 걸리며 불똥이 튀었다. 흑사신이 위로 떠오른 진자강을 따라 시선을 옮기는데.

"궤마기참 쌍홀박수!"

따악!

운정이 쌍홀을 부딪쳐 소리를 냈다. 흑사신은 갑작스레 귓속으로 파고든 음공에 머리가 뒤흔들렸다. 평형감을 못 찾고 휘청거리면서 앞으로 넘어지려 했다.

관 뚜껑을 짚고 위로 물구나무를 섰던 진자강이 재주를 넘듯이 돌아서 발꿈치로 흑사신의 등을 찍었다.

콰직!

흑사신이 등을 맞고 개구리처럼 엎어졌다.

운정이 외쳤다.

"좋았……!"

그 순간 벽을 뚫고 튀쳐나온 불기가 진자강을 발로 차서 날려 버렸다. 진자강은 나가떨어져서 갑판 위를 몇 바퀴나 굴렀다. 갑판에 늘어서 있던 두건인들이 기회라는 듯 진자강을 관으로 후려쳤다.

쾅 쾅!

콰자작!

"……어."

운정은 당황했다.

진자강도 몸을 웅크리고 막기만 할 수밖에 없었다. 나무로 만든 관짝은 부서져 나갔지만 쇠로 만든 관짝에는 진자강도 타격을 입을 수밖에 없었다.

그 위에서 범몽이 떨어져 내렸다.

"으랏차아."

범몽의 주먹이 활시위처럼 뒤로 한껏 당겨져 있다가 앞으로 튀어나왔다.

콰아아앙!

진자강과 진자강을 공격하고 있던 두건인들이 모두 백보신권에 휘말렸다.

우드득!

머리 위에서 백보신권의 권풍에 휘말린 두건인들의 목이 꺾이며 부러졌다. 허리가 뒤틀려 반이 넘게 돌아가고, 팔다리가 꼬이다 못해 끊겨 나갔다.

배의 갑판을 덮은 목재는 매우 두껍고 단단한 데다 역청을 잔뜩 먹여서 질기기까지 하다. 그러나 백보신권에는 여지없이 가옥의 이 층처럼 무너지고 말았다.

와지끈!

진자강은 선내까지 떨어져 처박혔다.

"크윽!"

옆으로 부서진 관과 죽은 두건인들의 시체가 함께 떨어졌다.

"껄껄껄!"

갑판에 난 커다란 구멍 앞에 서서 웃던 범몽을 불기가 공격했다. 불기가 벽에 박혀 있던 쇠로 만든 관 뚜껑을 들어서 범몽을 후려쳤다.

범몽이 두르고 있던 철포삼에 쇠뚜껑이 부딪쳤다.

까— 앙!

귀청이 찢어질 듯한 쇳소리가 음공처럼 울렸다. 모든 이들이 귀를 틀어막고 인상을 찌푸릴 정도였다.

범몽은 쇠뚜껑에 얻어맞고 튕겨 나갔다. 갑판 위를 훨훨 날아가던 범몽이 돛과 갑판을 잇고 있는 굵은 밧줄을 잡고 멈추려 했다.

하나 그보다 한 수 빠르게 밑에서 흑사신이 몸을 날려 밧줄을 비도로 그어 버렸다.

썩둑! 아이 팔뚝만큼 두껍게 꼬아 놓은 밧줄이 잘려 나가며 채찍처럼 갑판을 할퀴고 허공으로 날아갔다. 밧줄에 발이 걸린 두건인 한 명이 허무할 정도로 가볍게 공중에 딸려가 먼 강으로 던져졌다.

범몽도 마찬가지였다. 급히 손을 뻗었으나 튀는 밧줄을 잡지 못하고 선상을 벗어나 강으로 떨어지고 말았다.

첨벙!

물살을 가르며 나아가는 배의 뒤쪽으로 범몽이 빠지며 만들어 낸 물보라가 멀어졌다.

운정은 잠깐 사이에 벌어진 일들에 입을 다물지 못했다.

'개판이네!'

인자협 불기는 한번 물면 끝장을 보는 집착적인 성격이고, 범몽은 과격한 무력으로 정법을 실천하는 절복종파의 무승이다.

처음엔 탐색전 정도로 시작했으나 둘 다 한 치도 물러설 생각이 없었기에 결국 상황이 여기까지 와 버린 것이다.

하지만 아직 상황은 끝나지 않았다.

흑사신이 등의 고통 때문에 허리를 제대로 펴지 못하고 웅크린 채로 있었는데, 불기가 달려와 흑사신의 다리를 잘라 버렸다.

썩!

갑판과 함께 흑사신의 오른쪽 다리가 정강이에서 끊어졌다. 흑사신이 눈을 치켜뜨고 이를 악문 채, 몸을 돌리며 불기에게 비도를 던졌다.

독침과 달리 비도는 동작이 크고 가까이에서는 속도가 붙지 않아 큰 위력을 기대하기 어려웠다.

불기는 비도를 가볍게 쳐 내려 태을지검을 들었다.

그때, 따악! 하고 쌍홀이 울렸다.

불기는 큰 충격을 받진 않았지만 몸을 움찔했다. 다행히 비도가 불기의 뺨을 스쳐 지나갔다.

불기가 혈안을 크게 뜨고 운정을 노려보았다.

"너 이놈이……!"

운정이 찔끔해서 뒤로 살금살금 물러났다.

"아니, 그게 저기요……."

삐이이이익!

귀청을 찢을 듯 날카로운 휘파람 소리가 울렸다. 불기도 이번에는 더 참지 못하고 어깨를 좁히며 몸을 웅크렸다. 전신의 털이 곤두서고 머리가 뒤흔들려 제대로 서기도 힘들었다.

구멍에서 기어 올라온 진자강이 서리음으로 불기를 공격한 것이다.

"감히!"

불기의 혈안이 더 붉어졌다. 이미 실핏줄이 터진 오른쪽은 더 심하게 피로 물들어서 악귀 같은 형상이었다.

운정이 에라 모르겠다는 심정으로 제종을 입으로 물고 흔들며 쌍홀박수를 쳐서 두 가지 소리를 동시에 냈다.

"궤마기참! 복마제음!"

운정이 할 수 있는 최대의 음공이었다. 연속적으로 음공 공격을 당해 약해진 불기의 고막이 더 버티지 못하고 터졌다.

픽!

불기의 양쪽 귀에서 진득한 핏물이 흘러내렸다.

동시에 흑사신이 몸을 일으켜 악착같이 불기의 오른손 손등에 비도를 박았다.

대노한 불기가 태을지검을 치켜들어 흑사신의 심장을 찍었다. 흑사신이 손을 내밀어 막으려 해 보았으나, 태을지검은 손바닥을 뚫고 심장까지 관통했다.

불기가 혈안으로 운정과 진자강을 노려보았다.

흑사신이 죽자 두건인들은 눈에 보이는 게 없어졌다. 생사를 도외시하며 관을 어깨에 얹어 휘두르며 덤볐다. 불기는 입술을 들고 이를 갈면서 관과 함께 두건인들을 베어 버렸다.

카아악!

불기는 심지어 쇠로 만든 관짝까지 베어 냈다. 쇠를 자르고 두건인의 가슴을 갈라 쩍 벌어지게 만들었다.

뒤에서 한 두건인이 목재 관으로 불기의 머리를 후려쳤다. 불기가 주먹을 들었다.

콰작!

관이 부서지고 나무 판들이 터져 나갔다. 불기는 태을지검을 들어 두건인의 정수리를 수직으로 베었다.

퍽.

그런데 머리를 금세 가를 것 같던 태을지검이 미간까지 내려가다 말고 박힌 채로 멈추었다. 불기가 태을지검을 놓친 것이다.

비도가 박혔던 손등이 퉁퉁 부풀어서 손가락이 곱은 채였다.

불기가 이를 씹었다.

태을지검이 머리에 박힌 두건인이 뒤로 자빠져 죽자, 두건인의 시체를 향해 왼손을 뻗었다.

능공섭물의 흡인력이 태을지검을 손안까지 끌어당겼다. 불기는 망설임 없이 오른팔을 팔꿈치 아래에서 절단했다.

잘린 팔뚝이 바닥에 떨어졌다. 절단면에서 피고름이 줄줄 흘렀다.

불기의 이마와 턱에 힘줄이 돋았다. 태을지검을 꽉 쥐고 있는 왼손은 너무 힘을 주어 부들부들 떨렸다.

"이놈들…… 다 죽여 버리겠다."

끔찍한 살기가 갑판을 뒤덮었다.

이미 선원들과 상인들은 선상에서 보이지도 않았다.

남은 것은 두건인 몇과 진자강, 운정 그리고…….

펑! 퍼어엉!

선미에서 치솟는 물보라!

펑펑 펑!

범몽이 수면에 권풍을 내지르면서 강물 위를 날아오고 있었다. 범몽은 곧 배를 따라잡아 선상 위로 뛰어내렸다. 물보라가 범몽의 위로 쏟아졌다.

지독한 내공이었다.

범몽이 흠뻑 젖은 가사에 철포삼을 주입하자 물기가 밖으로 배어 나와 순식간에 바닥이 흥건해졌다.

푸드득.

어디에서 딸려 온 것인지 수노호(水老虎)라 불리는 잉어 한 마리가 범몽의 앞에서 펄떡거렸다.

범몽은 잉어를 들어 배 밖으로 던져 주었다. 잉어는 순식간에 강물로 잠수하여 사라졌다.

범몽이 반장했다.

"나무아미타불 관세음보살."

그 모습을 본 진자강이 짧게 조소했다.

"이제 와서 시답잖은 중 흉내입니까?"

범몽이 입술 끝을 들고 웃었다.

"여전히 오만한지고. 노납은 오늘 살계를 크게 열더라도 반드시 정법을 실천하여야겠노라."

범몽의 시선이 불기에게 가 닿았다. 불기는 입을 이죽거리면서 잘린 팔을 흔들며 눈에서 혈광을 뿜었다.

"중이든 도사든, 오늘 내 손에 걸리는 놈들은 다 죽는다."

〈다음 권에 계속〉

전생자
『죽지 않는 무림지존』 『천지를 먹다』 『마검왕』
베스트셀러 작가 나민채의 신작!
[시간 역행을 하시겠습니까?]
[모든 능력이 리셋 됩니다.]
[날짜를 선택 하여 주십시오.]
"1985년 2월 28일. 내가 태어났던 날로."
dream books
드림북스

사도연 판타지 장편소설

ORIGINAL FANTASY STORY & ADVENTURE

『용을 삼킨 검』, 『신세기전』 사도연 작가의 신작!

『두 번 사는 랭커』

여러 차원과 우주가 교차하는 세계에 놓인 태양신의 탑, 오벨리스크.
그리고 그곳에 오르다 배신당해 눈을 감아야 했던 동생.
모든 걸 알게 된 연우는 동생이 남겨 둔 일기와 함께
탑을 오르기 시작한다.

dream
books
드림북스

『제왕록』,『무림에 가다』시리즈의 작가 박정수
그가 거침없는 현대 판타지로 돌아왔다!

『신화의 전장』

주먹을 믿지 마라.
우리가 살아가는 이 땅에 인간을 벗어난 자들이 존재한다.

★
dream
books
드림북스